U0439074

爱上你几乎就幸福了

徐晓 著

人民文学出版社

图书在版编目(CIP)数据

爱上你几乎就幸福了/徐晓著. —北京：人民文学出版社,2014
ISBN 978-7-02-010494-9

Ⅰ.①爱… Ⅱ.①徐… Ⅲ.①长篇小说—中国—当代 Ⅳ.①I247.5

中国版本图书馆 CIP 数据核字(2014)第 114487 号

责任编辑　付艳霞
装帧设计　李思安
责任印制　苏文强

出版发行　人民文学出版社
社　　址　北京市朝内大街 166 号
邮政编码　100705
网　　址　http://www.rw-cn.com

印　　刷　北京新魏印刷厂
经　　销　全国新华书店等

字　　数　135 千字
开　　本　880 毫米×1230 毫米　1/32
印　　张　6.625　插页 12
版　　次　2014 年 8 月北京第 1 版
印　　次　2014 年 8 月第 1 次印刷

书　　号　978-7-02-010494-9
定　　价　26.00 元

如有印装质量问题，请与本社图书销售中心调换。电话:01065233595

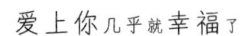

简·爱式的自强和独立。

可香米实在缺钱。自从上大学以来,她就一直在找机会赚钱。香米的家在距离这座城市好几百公里之外的小山沟,父亲常年在外面打工,供她和弟弟上学。母亲原本也跟着父亲打工,可香米高考那年,因劳累过度突发脑干出血。因为高考,香米没能见上母亲最后一面。这是她心里最深重的痛,这种痛在每个毛孔里,即使跟最亲密的闺蜜,也无从说起。

多少个夜晚,香米一想到母亲,就会在黑暗的掩饰下任泪水狂肆。她总是默默地在心里把路遥的话写一遍,然后再一寸寸地撕成碎片:痛苦,往往是人走向成熟的最好课程。

收到重点大学录取通知书那天,香米一辈子也忘不了。乡亲们都说山旮旯里飞出了金凤凰,可只有香米和父亲知道,这个凤凰需要一万块钱做翅膀。父亲抽着廉价的纸烟,把自己藏在烟雾缭绕后面,像是对着香米说,也像是自言自语:我就是砸锅卖铁也要供你上大学!香米埋头做饭,任泪水汹涌地从心里漫出来,无声地滴落到地上。

一个人年轻的时候,通常不知道自己今后要过上怎样的生活,但是因为有了可以作为标准参照的过去,所以会很清楚地知道将来一定要避免过什么样的生活。香米知道,自己绝不能像父亲母亲那样活着,相反,还要尽自己所能,让父亲和弟弟过上像样的生活。于是,大一下半年,香米就开始在校外找兼职。

据说,百分之八十以上的大学生,兼职都是从做家教开始的。可如今在大学找家教,也跟就业的难度差不多了。家长要求"术业有专攻",数学、英语、物理、化学都是热门专业,好找;而香米的哲

1

香米从众多招聘广告单中费力地找到那一张细细长长的白纸条时,眼睛如同被一道强光反射了一下,紧接着头皮发麻,就像一阵电流"哧啦"一下从头顶穿过全身,噼里啪啦地淌过五脏六腑,一路畅通地抵达脚后跟。她的心都快从嗓子里跳出来了,看看四周没人,迅速地撕下来装进了口袋里,像做贼似的逃开了。

那张白纸上密密麻麻地写着:成功男士诚交女友,要求形象良好,心地善良,家庭困难者予以经济帮助,非诚勿扰。后面是一串电话号码。

学校食堂外面的广告栏贴满了各种兼职广告,香米有事儿没事儿就去看一看。第一次看到这个的时候,她笑了,笑得没心没肺,还带着点儿轻蔑和嘲弄。可到了晚上,她却怎么都睡不着了,那张纸条就像长了翅膀,动不动就往香米的脑子里飞,怎么也赶不走,尤其是"家庭困难者予以经济帮助"几个字,一直在她脑子里跳,跳得她心烦意乱。

香米知道,这就是社会上所谓的"包养"。以前,她偶尔也会在学校门口看到这样的景象:一辆车,通常是黑色的,静静地等着,不一会儿就有女生从学校门口飞快地跑过来,钻进去。她也听说过,同宿舍楼有某某女生,做了"二奶"。她很鄙视这样的女生,她向往学专业,要找个家教简直是太难了。终于,费了九牛二虎之力,香米才找到了一个同学转给自己的一份家教,给一个十三岁的男孩辅导数学。香米高中的时候数学学得好,教一个初一的学生自信没问题。可去了才知道,这孩子从小被宠坏了,骄横无礼,香米还讲着课,头发就被揪掉了好几根。

香米怕了,开始试着找别的活儿。这个时候,还不能找按月发工资的,那样香米就断粮了,她得找每次结账或者每周结账的。终于,找到了一份儿周末站在车流中发广告的工作,一天一结。香米是唯一的女孩,跟着几个小伙子站在烈日下,穿梭在等红灯的车流中。香米把广告放在车前窗玻璃上的时候,从来不敢看从车里射出来的目光,那里面藏着的厌恶会毁掉她所有的自尊。一天下来,有五十块钱的收入。就这样,活儿还不是每周都有。

后来,香米偶然在夜市看到不少大学生模样的人在摆地摊,卖发饰、手链之类的小玩意儿。附近的大学比较多,这些东西很受欢迎。尤其是当一对情侣携手一起时,女生大多会被吸引过来,而男生当然不等女朋友开口就会乖乖地掏钱包了。香米观察了几天,然后用发广告攒下的钱去批发市场进了货,加入了练摊的队伍。起初,香米不好意思说兜售的话,只是静静地守着,偶尔有人砍价,香米也总是脸先红到耳朵根儿才小声说,不行。这一天傍晚,天突然阴下来,眼看就要下雨,香米也想收摊,可一个四十岁左右的女人还蹲在摊前左右挑拣着手链。香米不好意思开口催。终于,女人下了决心,掏出来一百块钱。香米利索地给她包上手链,然后找给她九十五。

当天晚上,她就知道了这张百元钞票是假的。准确地说,在回

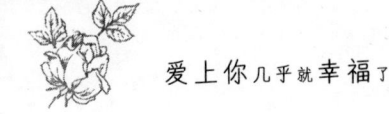

学校的公交车上,香米就预感到了这张钱是假的。她也不知道这个念头从哪儿来的,或许是生活赐予当家早的穷孩子的直觉,对钱和人的直觉。这种直觉让香米害怕。

就在香米一筹莫展的时候,班长到宿舍里来宣布,班里分到了一个助学金的名额,家庭困难的同学可以申请。真是天无绝人之路!香米心里有了一丝希望,她顾不得什么面子尊严了,赶紧整理材料,报了名。之后,在老师、同学面前一次次地复述家庭状况时,香米觉得自己就像一次次在大庭广众之下脱掉衣服一样。以前,香米写作文,说自己犯了错误被妈妈批评,总是用"想找个地缝钻进去"形容自己的尴尬,现在想来,能够钻到地缝躲起来还算什么尴尬啊,那简直是幸福。如今的自己,赤裸裸地袒露在眼前的这群人面前,而且,一下就是四年。

然而,最后获得助学金的是她的舍友游小素,她得到的票数远远高于香米的。香米知道,游小素在几天前曾给每个同学送过小礼物,美其名曰"见面礼"。香米也收到了,是一只做工精致的手链。

闺蜜翟丽为她打抱不平:桌子上摆着苹果电脑,手里拿着iphone4,还来争一个贫困补助,真是人间极品!

香米笑笑。生长在贫困之家,香米比同龄人更知道人情冷暖。但她还是懊恼,早知道这样自己就别报了,把自己剥个精光,还没有任何结果。不过,香米也暗暗庆幸,倘若自己得了这个钱,岂不是得到了全班老师和同学的恩赐,这情怎么还啊!

说起来,香米需要钱,却不是特别在意钱。她相信任何事情都要靠自己的双手。对一些不公平的事情,她也能做到不争不吵,不哭不闹。这也是她选择哲学专业的一个原因,她觉得精神的富有比什么都重要,只要她的心足够强大,足够应付一切迎面而来的困难,什么都不是问题。

想归想,但在同学面前,香米总是感觉自己是个透明的人,尤其是还和游小素整天低头不见抬头见的,心里的疙瘩慢慢就变成了心结。再加上班里的同学可能也觉得于心不安,愧对香米,又不知道怎么表达,于是香米觉得自己和每个人之间都隔了一层膜。

香米还在大街上贴过广告,去饭店里端过盘子。在别的女生忙着化妆、打扮、购物、约会的时候,香米正拼命地赚取生活费;在别的同学尽情地挥霍着大把的青春打着电子游戏时,香米的心里时刻挂念着父亲和弟弟。香米有时候会有一种感觉,她觉得现在的生活并不是从小梦寐以求的,并不是那个心心念念的大学生活的样子。她以前学习的目标是早日摆脱贫困,离开家乡,她向往城市的繁华,向往城市里大学生活的优雅。她为了这个梦想拼命学习,埋头苦干。可她从未想过,上了大学就意味着要在城市生活,意味着父亲从土里刨出来的钱要到大城市里花。她也从未想到过,大学是一个微缩的社会,已经有了社会上所有的人情世故。现在的香米,身在繁华的大都市里,却以更加贫困、更加卑微的姿态活着,活在一片难以摆脱的阴霾之中,活在一种压抑无助的情境中。这种暗淡的生活像小虫子蠕动般地在她的心里钻来钻去,撕咬她,折磨她,摧毁她,逼迫着她越来越无路可走。

夜深人静的时候,香米会感到极度的绝望,"痛苦"这个词已经没有足够的力度描绘她的心理状态。焦虑、寡言、失眠、精神不振、月经失调等等一系列身体和心理上的不适,使得香米几近崩溃。她几乎不和任何人交流,也极少参加学校组织的社团活动,给别人的印象就是孤高冷漠,来去匆匆,形影无踪。

2

上午上了半天课,香米听得昏头昏脑。兜里的纸条像一个不能拿出来吃的烫红薯,香气让人踏实,不能吃到嘴里又让人焦虑。

中午香米刚回到宿舍,就发现今天宿舍的气氛超好。舍友翟丽、游小素、齐莹莹正围在一起热火朝天地讨论着。看到香米进来了,游小素一反常态,一把拉过香米说,看!这是莹莹的新男友,还是体育学院的!打得一手好篮球,踢得一脚好足球,超帅的啊!说着就把齐莹莹的手机举到香米眼前。香米看了一眼,是齐莹莹和一个长相俊秀、身材魁梧的男生的合影。齐莹莹一副小鸟依人的样子,笑得格外灿烂。

香米笑着说,挺好的,莹莹,恭喜你了。

香米,谢谢。改天让你们见见他真人,不要羡慕嫉妒恨啊。齐莹莹咯咯地笑着,幸福和甜蜜洋溢在脸上。

齐莹莹属于那种娇小可爱、长相甜美的女孩,小小的鹅蛋脸在一头棕色卷发的映衬下显得灵动迷人。

哎哎哎,你们怎么认识的,快点说来听听。游小素心直口快,总是喜欢探听小道消息。

这个呀!昨天我从篮球场路过,见有人打篮球就在边上看了一会儿,没想到他忽然跑过来脱下外套,问我是不是可以帮他看一

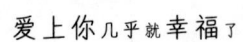

下。我只能答应了。之后我们就熟悉了。就是这样。齐莹莹用手摸着耳边的头发，笑嘻嘻地说。

看样子早就看上你了吧。翟丽难得也跟着逗趣。

我看才不是呢！是莹莹先站在篮球场边上的。莹莹，你是有预谋的，对不对？游小素像是发现了什么天大的秘密一样，抢着说话。

哎呀，不是啦，当时我看到我前男友也在那里打篮球，谁知……就碰上他了。他们竟然是一个班的。不过，正好可以气气他，我齐莹莹离了他，照样能在体育学院吃得开。

莹莹，什么时候让你那位给我介绍个他同学呗。我发现咱学校长得帅的男生都在体院呢，你看我都大二了还没谈过恋爱，都落在潮流的后头了。我爸整天说以后我直接去相亲得了，你说多让人郁闷啊。游小素拉着齐莹莹的手，摇晃着她的胳膊，看样子是真的着急了。说起来，游小素事事不甘人后，可恋爱这件事却实在是超出她的掌控，她总不能花钱买个男朋友陪着自己吧。

见游小素这么坦率，齐莹莹笑了，说，怎么了，小素，物质生活这么丰裕，精神生活变得空虚了？

游小素撇了撇嘴说，钱再多也是死的，又不能当男人使唤！谁不想有个知冷知热的男朋友在身边啊。就说你吧，光大一一年就换了五六个男朋友了，旁边还有无数的追求者等着候补。病了，向你嘘寒问暖，渴了饿了，为你打水买饭，我连他们名字还没记全，你就又……

得，得，得。见游小素越说越不像话，齐莹莹赶紧堵住游小素的嘴，说，放心吧，姐妹的问题就是我的问题，包在我身上。

游小素一听,更起劲儿了,黏着齐莹莹有说有笑。香米觉得实在无聊,拿着一本书坐在椅子上,一边静静地听着他们说话,一边想着心事。翟丽也离开了,独自到阳台上洗衣服。

齐莹莹是哲学系最有名的女生。长相漂亮不说,吹拉弹唱外加舞蹈几乎样样拿手。最重要的是,她还伶牙俐齿、能说会道,人缘儿特别好。大学里的女生,有了这些耀眼夺目的优势,几乎就可以算作男生眼中的公主了。公主三天两头地更换男朋友,不也是很正常的事情吗?甚至有女生当着她的面说,莹莹换男朋友比换衣服还勤,满脸说不出来的羡慕嫉妒恨。每到这时候,齐莹莹就抿着嘴笑,毫不在意别人酸溜溜的揶揄,眼睛里反而充满了自豪的神气。

香米从不说这样的话,但心里也很是羡慕。跟齐莹莹相比,自己更像一个衣衫褴褛的乞丐,在爱情上一贫如洗。作为女孩,她觉得齐莹莹很有本事,可以让那些男生围着她献足殷勤。但她同时也疑惑:这样频繁地换来换去,齐莹莹寻找的是真爱吗?夜深人静的时候,齐莹莹怎么想呢?根据自己的经验,香米老觉得越光鲜的外衣下,越可能遮掩着寂寞的心事。拥有再多的富贵繁华,也不过是幸福的假象。

齐莹莹有一个著名的爱情理论是,不同的人带给你的爱情是不一样的,趁年轻就多体验一下,不要到老了再后悔,那时就来不及了。张爱玲说,出名要趁早,齐莹莹说恋爱要趁早。最后还总是忘不了督促一句,你们也都赶紧的吧,祖国花朵向太阳,你不采,全让别人采光了,到时候园子荒了,连哭的地儿都没了。

这时候,乐呵呵的游小素就会一下子惆怅起来,我再怎么着也身体健康、四肢健全、五官端正,怎么就遇不到我的缘分呢?游小素苦着脸说,我觉得呀,单调的生活过得越久,越容易感到疲惫。你们看我都单调地活了二十年了,也浪费了大把的大好光阴,再不谈场恋爱,我就成老太婆了。

小素,你先减减肥吧,一瘦下来缘分自然就来了。翟丽说话一向直率。

嗯,说得对,我的形象也算个不小的问题。你们不知道我为我的体重有多发愁啊,我爸妈总说钱是万能的,没有钱是万万不行的,其实全是骗小孩子的。我怎么说也算得上"小富二代"了吧,可是却买不来"白瘦美"。算啦算啦,我还是过我的独身生活吧,想吃就吃,想喝就喝,别爱情没等到先亏了自己。

话也不能这么说,人往往错把懒惰当作安逸,其实只不过是自欺欺人罢了。小素,你可不能自暴自弃啊,你本来就挺漂亮的,只要稍微控制一下饮食,平时多做一些运动,再打扮打扮,就是一个大美女,还愁没人喜欢你吗?到那时候恐怕你都眼花缭乱挑不过来了呢。齐莹莹安慰她道。

游小素听了激动地问,真的吗?我有你说的那么漂亮吗?接着就掏出镜子开始照了起来。

在香米看来,游小素有点身在福中不知福。她父亲在一家公司当老总,母亲在报社工作,不愁吃不愁穿,日子过得不是一般的滋润。哪像她呢,整天除了拼命学习之外还要抽时间打工,节衣缩食的,只为了减轻一点家里的负担。可是,游小素还总是不满足,要么抱怨食堂饭菜不好,要么抱怨父母打钱不及时,老师讲课爱点名……找男朋友心切的时候,就宣称要减肥到底;心灰意冷的时候又昭告全宿舍,坚决不在大学谈恋爱,就等以后去《非诚勿扰》相亲。真是应了她们哲学课上的那句话:一切事物都是矛盾的,矛盾是对立统一的。

3

香米和翟丽、齐莹莹、游小素四个人住在一间宿舍，表面上相处得还可以，但是香米觉得她和齐莹莹、游小素不是一个世界的人，几乎没有什么共同语言。齐莹莹如同高高在上的太阳，明媚而亮丽，香米不愿意和其他人一样跟在她屁股后面；而游小素开口就不离明星和八卦，关心着一些香米从来不感兴趣的问题。

翟丽算是和香米关系比较好的女生了，她为人低调，性子直，骨子里和香米一样朴实而谦逊。香米觉得翟丽身上散发着一种说不出来的气质，静若水莲花般洁净而幽香，尤其是当她一个人在阳台上看向窗外时，眼神游离到天边去了，那双清澈的眸子里包含着万种风情，让人猜不透，却又流连忘返。怎么说呢，香米就是觉得翟丽既是个能说上贴心话的人，也是个心事很重有点神秘的女孩。

香米，你以后找男朋友，一定要擦亮眼睛，找到打心底里爱你的那个人再和他交往，然后一心一意地经营你们的爱情。翟丽说。

香米莞尔一笑，像莹莹那样不也很好么，浅入浅出，慢慢摸索，不多谈几个怎么能找到真正爱你的呢？

难道你赞成她那种恋爱观念？翟丽没听出香米的调侃，微微蹙起了眉。

没有啊，我只是举个例子而已。香米仍旧笑着。

翟丽不看香米，说，我们和她不是一类人，我们的青春输不起，我们的爱情也不会像她的那么廉价。如果爱情真的像衣服一样想什么时候换就什么时候换，那这个世界未免太可悲了。多则滥，少而精，一生，只要是真心实意，一个人便可。

香米见翟丽这么郑重其事，轻轻地问，那么，那个人，你找到了吗？

我也不知道，但我期待肯定会的。翟丽恬静地微笑着。

你确定你能和宋一博走到最后吗？

翟丽的男朋友是中文系的才子宋一博，在香米看来，他们的感情已经具备了天时地利人和，令人羡慕也令人期待。

翟丽的脸微微红了，说，他父母让我有时间去他家里吃顿饭，见见我，我想我们也交往这么长时间了，也该是见一面的时候了。

见香米不说话，翟丽接着说，我们走到这一步很不容易，他这个人挺执着的，追我的时候我总拒绝他，还说很难听的话，可他仍一意孤行。现在他对我还是那么好，我想，一生大概也就这样了吧。

是被他写的情书感动了吧？中文系的男生就是会哄女孩开心。香米打趣着翟丽。

宋一博当初追求翟丽的时候还请香米帮他递过情书，人很真诚，她对他的印象不错。

翟丽一下子严肃起来，说，当然不是被他那几首情诗感动了，而是他坚持始终如一的做法让我信赖，我们相处得也一直很融洽。有时候静下心来想想，人这一生很漫长，遇到的人不计其数，但是能碰上一个真心对你好的人实在不容易，宋一博是个值得我托付的人，我想我不会看错的。那些情诗，虽然没有玫瑰花和烛光

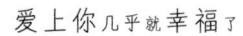

晚餐来得浪漫而实际，但是远比那些水晶花园、轿车豪宅所代表的爱情更为珍贵。书上说，爱情，让男人变得多谎，而多谎，让男人诱惑到女人的心。我觉得不是这样的，彼此坦诚更能够心心相印。

香米像是重新认识了一回翟丽，以前翟丽很少提感情的事，也从不对别人的爱情表达看法，而现在却像个大哲学家一样说得头头是道。

香米，我越来越明白了，比如说爱情，它其实像学习一样需要我们去努力，去争取，靠自己的力量拥有它，而不是盲目地等待，不是吗？就拿我和宋一博来说，两个人至少要有一个人主动一点，所以趁我们还在校园里，没有沾染太多成人世界的世故和俗气，遇到合适的，不要错过。或许，我们的爱情就只在这里也不一定啊！

仔细想想，翟丽说得确实有道理。香米喜欢的作家周国平也说过：可以没有爱情，但如果没有对爱情的憧憬，哪里还有青春？是啊，没有爱情的青春是不完整的，是苍白而无力的。但是对香米来说，爱情的憧憬早就被她埋藏在狭小的角落里，不知去向了。她有着比谈恋爱更艰巨的任务，那就是养活自己。鲁迅先生不是说么：第一，便是生活。人必生活着，爱才有所附丽。在关于爱情的故事里，香米只是一个观众，看着室友们实践和憧憬。

其实，香米是有人追的，一想起他，香米感到既甜蜜又烦恼。

在大学这样一个广阔的天地里，用他的话说，她虽然不出众，但是非常独特。刚上大学的时候，香米凭着从小就在家里帮父母劳动而锻炼出的好体质，参加了学校运动会的长跑项目。当大多数同学还没跑完就累得气喘吁吁、连站都站不稳的时候，香米就像刚散完步一样轻松，冠军自然是非她莫属。那一次，田逸是主持人。一个长相清秀、口才出众的新闻系男生。

校园歌手大赛上,她以一支家乡的山歌稀里糊涂地就闯入了决赛,最后虽然没得第一,但她甜美清亮的嗓音被很多人记住了。那次活动的主持人也是田逸。他在报幕完毕之后对将要上台的香米说,加油,你最棒。香米站在舞台上的时候,发现田逸一直微笑着看着她,眼睛里满是让她不敢直视的欣赏。

不过,香米过后想想就后悔得要死,大学是人才济济的地方,山外有山,人外有人,其他参赛同学都是经过专业音乐训练的,她怎么能拿一首土得掉渣的山歌去出风头呢?那时她清楚地感觉到其他选手看她时异样的眼光,那些目光是不以为意的、嘲笑的,是带着尖尖的刺射向她的。

让香米意外的是,田逸那么优秀的一个人,竟然会从此之后开始关注她,三天两头打电话,发短信,什么天冷了多加衣服,要下雨了记得带雨伞之类的,香米有一种受宠若惊的感觉。田逸的问候就像来自香米心向往之的一个童话世界的声音,充满诱惑,但不真实。她觉得自己承受不起田逸的关心。

这个世界有时候大得无边无际,有时候却小得无处藏身。有一段时间,香米老是能碰到田逸,想躲都躲不过。有一次翟丽正好在身边,对香米说,这不是经常主持校园活动的田逸吗,看你的眼神都和看别人不一样呢!这绝对是潜力股,你可要把握住。

那一刻香米心里流过一股从未有过的甜蜜和娇羞,嘴上却笑笑说,没什么的,只是普通朋友。

其实,田逸曾经约过香米一起到附近的风景区去玩,还约她没课的时候一起去图书馆看书,但是香米都找理由拒绝了。她的课

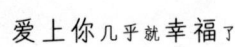

余时间都花在兼职上面了,哪里还有时间去玩儿呢?重要的是,她心里自卑。她觉得自己配不上他,她想田逸或许是喜欢她的,可她有什么值得他喜欢呢?仅仅是一首歌打动了他么?

偶尔香米也会想,如果真的和田逸在一起会是怎么样的一个场景呢?自己站在帅气的田逸身边,说不定能被无数双嫉妒的眼睛杀得片甲不留呢。

说归说,想归想,香米有自知之明,她长得并不是天生丽质,而是比较耐看的那种。清气,对,就是清气,简单点儿说是清秀。香米记得高中的语文老师曾经这么评价她。多好的一个词,清凉凉水灵灵的,天然的气韵自内而外散发出来,就像家门前的那条小河一样,一年四季哗啦啦地流着。

香米从小就很喜欢语文课,也很喜欢高中的语文老师,从那以后她就喜欢上了这个词,觉得非常适合自己。但它同时还有清寒的意思,所以如果说它是形容一种美,那么这无疑是一种朴素而内敛的美,不张扬,不奔放,却能轻易地从众多类似大气美、妖艳美、可爱美、成熟美中脱颖而出。但它毕竟不是主流的美,甚至会是被城市中千姿百态的美所一致排挤的美。

香米自嘲道,男生在青春期见到有点姿色的女生就心动是难免的,而这不属于爱情的范畴。她没心情像齐莹莹一样抓住一点爱情的感觉就不放手。所以她不允许自己有任何非分之想,因为她不属于自己,而是属于父亲和弟弟,属于天堂里看着自己的母亲,她目前的主要任务就是努力拼搏。在偌大的校园中,很多女孩梦想的奢侈品是LV、香奈儿,而香米的奢侈品是爱情。

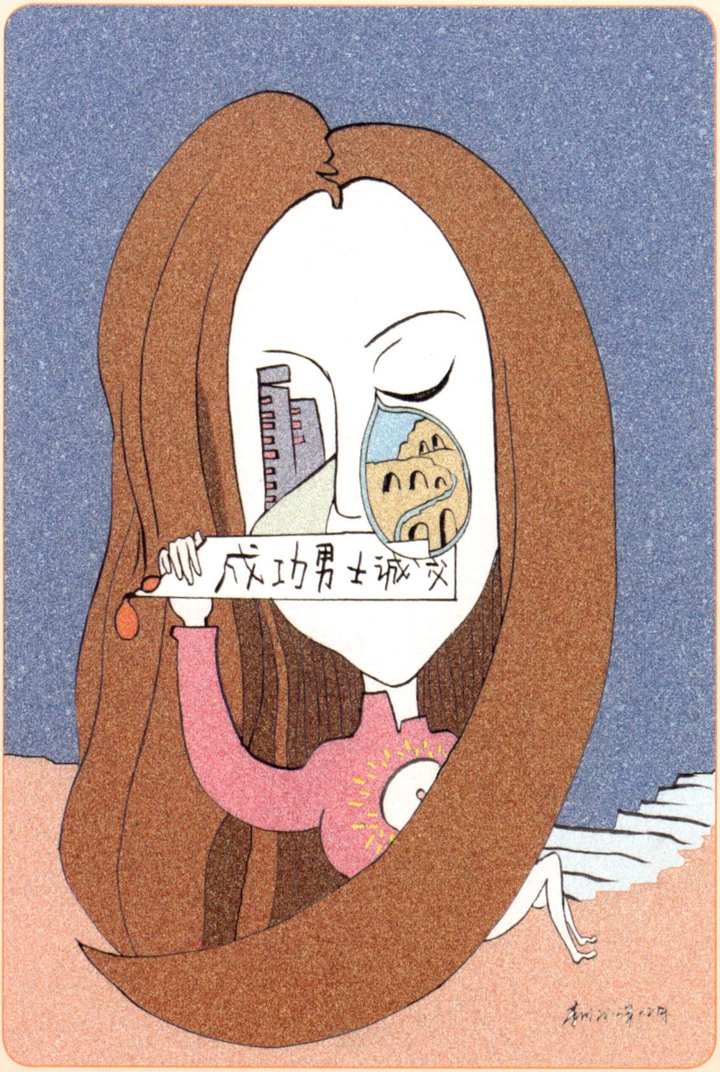
成功男士诚交

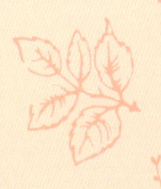

一个人年轻的时候，通常不知道自己今后要过上怎样的生活，但是因为有了可以作为标准参照的过去，所以会很清楚地知道将来一定要避免过什么样的生活。

实是极其保守而传统的,她还完全不能适应这样的节奏。手机一直响个不停,丝毫没有停下来的意思,仿佛就是要逼得香米彻底放下心里的犹豫,彻底露出躲在短信后面的脸。

香米咬了咬牙,一狠心,就按了接听键,手机里传来一个男人的声音。香米的心怦怦地乱跳着,大脑一阵短路,机械地回答着男人提的问题,无非是年龄专业身高体重之类的,最后对方问香米周六是否有时间见个面,一起吃个饭,先从普通朋友做起。香米听到这儿突然后悔了,不想蹚这浑水了,心里想着要找借口拒绝,嘴里却毫不犹豫地答应了。对方笑呵呵地挂断了电话。

香米悔恨自己怎么就这么轻易地把自己卖了呢?从那男人的声音来听至少也四十岁了,而香米从来没有交过男朋友,除了老师,更没有跟四十岁的男人打过任何交道,如今为了钱竟沦落到要结交一个陌生的老男人的地步?一想到电视上那些富得流油、肥头大耳的老板、大款,就仿佛看到他们正朝自己走来,香米不禁冒了一身冷汗,不敢再往下想下去。

山里的姑娘,骨子里有一股韧劲儿,也很务实,她坚信"舍不得孩子套不着狼"。现在这个社会,你只要敢冒险,就一切皆有可能。无论怎样,香米想赌一把,用自己唯一的资本——青春,赌一把。大不了及时全身而退。

不巧,周六还有课,刚下第一节,香米就迫不及待地冲出了教室。她借了翟丽的高跟鞋,对她说是要见一个高中同学。说来挺寒碜的,已经大二了,香米还没有一双属于自己的高跟鞋。

香米稍微打扮了一下。她安慰自己说,不论是见谁,不管结果怎样,都不能穿得太随便。尤其是这次,没准儿给别人的第一印象

4

香米没有把自己撕纸条的事告诉翟丽,香米知道这么隐秘的事情不能让第二个人知道。而且,翟丽一定不会同意她的做法,说不定还会因此瞧不起她,拿出一番"人穷志不穷"的大道理来"教训"她。

香米何尝不知道要有尊严地活着呢？从小父母就教育她要清清白白、光明磊落地做人,绝不贪图小便宜,更不能妄想不劳而获。香米觉得世界上没有人能够理解她,她一个二十岁的姑娘,要对抗猛虎野兽般的现实,除了投降还能怎么样呢？如果不是被逼到绝境上了,能走这一步吗？

她拿出手机,看着纸条上的手机号码,心里乱个不停,想了好久才缓缓地输入:你好,请问你想找女友吗？然后按了发送键。香米舒了口气,她都没想到自己竟是这么干脆利落。香米不知怎么就突然想到了《荆轲刺秦王》,她觉得自己像荆轲一样迈上了一条无法回头的路,有点儿奔着和手机那头儿的人同归于尽的意思。这样想着她不觉地笑了起来,忍不住开始猜测对方会怎么回复。

大约过了两分钟,手机铃声响了。香米吓了一大跳,她没想到对方会打过来,她凭自己的定式思维认定对方会像她一样发短信,那样的话交流就会慢而踏实,就会有回旋的余地。香米的内心其永远没有机会修正了。可是,因为平时都随便惯了,也没钱,想找身得体的衣服非常难。鞋子已经借了人家的,衣服再向别人开口就说不过去了,虽然是最要好的朋友,但也不能不知好歹得寸进尺。香米最终从自己为数不多的衣服中挑选了一身比较新的,为了显得成熟一点,她还将浓密得如瀑布一样的头发散了开来。

出了校门,香米一眼就看到了学校门口第三棵杨树下的黑色轿车,旁边站着一个中年男人,穿着一身黑色的西装,四十岁左右,不高,有点儿胖。香米双手紧紧地抓住书包带,犹豫着是否要过去。这个时间学校门口人很少,而香米的表情已经透露出了她在找人。中年男人很快就看到香米了,他朝香米招招手,示意她过去。香米径直朝黑色轿车走去。微风轻轻从耳边掠过,像命运的低语。

香米走近了才看清中年男人的面目,和她想象的几乎一样。整个人倒是干干净净的,但脸上的肉很多,下巴尤其明显,眼睛不大,鼻子上的毛孔清清楚楚的。

中年男人说,你是香米吧,我叫陈有胜,是一家房地产公司的老总,你就叫我陈哥就行。香米"嗯"了一声,视线移到他的肚子上,那肚子像皮球一样滚圆,结结实实地塞在白衬衣里,黑色腰带贴在凸出的腹部上格外醒目,仿佛随时就要爆裂一样。

香米感到一阵恶心,早上吃下去的半碗面条蓄势待发。这种长相的男人满大街都是,但以前觉得不顺眼毕竟与自己无关,现在一想到这个男人与自己可能成为男女朋友的关系,香米的胃就不舒服,反应到脸上就是眉头微蹙。

陈有胜看出了香米的异样,伸出胖嘟嘟的手拍了拍香米的肩

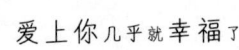

膀,貌似很关切地问,不舒服吗?

香米顿时感到被他拍过的肩膀过电般的酥麻,脸涨得通红。香米悔得肠子都青了,真不该发那个短信,真不该去看那张纸条,真不该赴约让自己在这样一个彪悍粗犷的男人面前犯贱。

可嘴里出来的声音却说,我没事。你看我行吗?不行我就回去,还有事情要忙。

陈有胜笑了笑,说,咱找个地方吃个饭,就算认识了,有感觉就发展发展,没感觉就是普通朋友。

香米心想,有感觉个屁啊,对你有感觉我还不如去死呢。嘴里却说,陈先生,我这么胖,脸还这么黑,你满意吗?

陈有胜哈哈地笑了,说,香米你还挺幽默的。

牙倒是挺白的。香米喜欢长得一口好牙的人。

他很认真地把香米上下打量了一会儿,乐呵呵地说,哪里胖嘛,身材很好的啊,皮肤也很白啊。香米注意到陈有胜说话时眼睛直勾勾地盯着她的胸部看,看得香米极不自在,真想找个地缝钻进去。

这时,香米突然发现齐莹莹和她的新男朋友手拉手从校门口走过来。糟了,要是被她看到了,那还了得?正好陈有胜拉开了车门,香米顾不得多想就匆忙地钻了进去。从车窗外看到齐莹莹他们走远了,香米松了一口气,感觉像刚从鬼门关逃回来一样。

陈有胜钻进车里,不慌不忙地拉好安全带,然后才看了一眼慌慌张张的香米,撇着嘴角笑了一下,说,怎么,看到同学了?

香米不由得抬眼看了看陈有胜,心说,真不愧是老江湖,这都能猜出来。嘴上刚想着否认,陈有胜已经发动了车。

陈有胜带香米去了一家商场。说起来香米还是第一次来,她的鼻子一下子就喜欢上了扑面而来的香水味儿。她极力控制着自己,别像刘姥姥似的那么土鳖,但还是忍不住东张西望。巨大的海报悬挂在扶梯两侧,那上面美女的眼睛仿佛要往你心里看,勾出藏在里面的所有秘密。

陈有胜为香米挑了两件连衣裙,说是见面礼。香米试了试,果然镜子里的自己变得不一样了,尤其是穿上那件白色的,香米脑子里居然一下子想起了童话里的白雪公主。从小到大,香米都没想过自己有一天可以像白雪公主一样穿上一条白裙子。陈有胜看着香米时,眼睛里流淌着香米熟悉又陌生的东西,让人难为情,但奇怪,香米这一下竟觉得他没那么讨厌了。香米看到他掏出了八张红票子,对收银员说不用找了。香米的心乱了,就这么两件轻轻薄薄的衣服,价格竟然是她两个月的生活费!之前香米甚至都没有穿过一件三位数的衣服。看到陈有胜毫不犹豫付钱时的样子,香米突然有种义无反顾的冲动。她真想说,我不要衣服,你直接把那钱给我吧。

每个女孩都向往穿着一身漂亮的衣服走在别人面前,这几乎是女孩的天性,可香米就能不费吹灰之力把这天性轻轻地扼杀掉。香米对名牌衣服的概念来自同宿舍的齐莹莹和游小素,她们总是一起从专卖店里买回来几百元一件的衣服,在宿舍里轮换着试穿,相互比较。在香米眼里,那些衣服和大街上几十元一件清仓处理的衣服没什么两样,可是就是几十元钱香米也舍不得花。每当她想为自己添件衣服时,脑海里就会浮现出父亲和弟弟的影子,于是就在心里默默说,这些钱足够弟弟买一学期的学习用品了,然

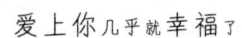

后就没了买衣服的欲望。

买完衣服后陈有胜征求香米的同意去了一家肯德基。这是香米第一次来,以前她只有看的份儿,因为一直没吃过也就不是特别地渴望。香米心想,我宰你一顿然后咱们分道扬镳,你走你的阳关道,我过我的独木桥,我从此彻底消失你也不能把我怎么样。陈有胜好像知道香米怎么想的,嘴里说,你先去洗洗手,然后多吃点儿。

香米顺着他指的方向去了洗手间,但水龙头居然没有开关。她左拧拧右转转,水龙头就是不出水,急得她鼻子上直冒汗。旁边一个女生用很奇怪的眼神看她,仿佛她是一个怪物。香米忽然想起电视上见过的,这是感应出水的龙头。她全身的血液立即全涌到脸上来了,她飞也似的跑出了洗手间,连手也不想洗了。

陈有胜点了大份的薯条、大杯的可乐、大桶的炸鸡翅,还有一个不辣的汉堡,一边往香米面前推一面说,女孩儿不要吃太多辣,容易长痘痘。

见香米很拘谨的样子,他找话题聊来聊去,一会儿问学习,一会儿问宿舍。最后,总算问到了正题,问香米谈过男朋友吗。香米想了想,觉得说没谈过就显得自己没魅力,从某种程度上就贬低了自己,于是她含糊地"嗯"了一声。陈有胜接着说,大学生谈恋爱都是浪费时间,女孩呢要找就找一个成熟的有社会经验的男朋友,能够在各方面给你提供必要的帮助。这话说得格外暧昧,不过倒是说到香米心里去了,"条件好能够帮助自己的男朋友",谁不渴望拥有呢?

陈有胜自顾自地说着,现在的小青年啊,都是一帮青涩的生瓜蛋子,要能力没能力,要人脉没人脉,讨个老婆回家跟他过苦日子去?

香米"嗯嗯"地应对着,她一直低着头小口吃着,有点儿不敢看他。

如今的女孩也机灵着呢,一个个地争着抢着到大老板跟前投怀送抱,急着给自己找靠山呢。这种事情也是需要竞争的,你若比别人晚来一步,就赶不上趟了。你看我,现在最不缺的就是钱了,哪个小姑娘跟着我,不比跟着学校里那些生瓜蛋子埋头苦干强一万倍?

陈有胜没有吃,只是一边说着,一边用勺子搅动着眼前那杯热气腾腾的咖啡,那浓郁的香味钻到香米的鼻子里,沁入她的每一个毛孔,融化在每一个细胞里,香米忽然飘飘然了。她在这一刻忘记了贫苦的家庭,忘记了喧嚣的城市,忘记了遭受过的那些白眼,忘记了所有的辛酸,香米什么也记不起来了,记不起过去的是是非非,成败荣辱,她只是活在现在,活在这个干净整洁的肯德基快餐店里,活在这个陌生的四十多岁的男人面前。

你需要什么,尽管对陈哥说。让香米喊这个可以做自己父亲的男人"哥",香米想想都觉得不好意思,而陈有胜竟那么若无其事地说出来,可见他是多么的厚脸皮啊。不过,他想当哥谁也管不着,这个道理在宿舍里香米早就从富家女游小素身上领教过了——钱是优越感的坚强后盾。

香米张了好几次嘴,想说出"陈哥"这两个字,每次都被卡在嗓子眼,就是出不来,只好放弃,什么也不说。

陈有胜似乎发现了香米的窘迫,笑笑说,香米你不用有顾虑,我今天一见到你就感觉很亲切,这叫什么,对,叫一见如故,我感觉

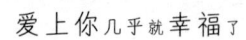

你可以做我的红颜知己。你穿得这么朴素,一定来自农村,我也是农村出身,这么说的话,我就感觉你更像小妹妹了。你有什么困难一定要说出来,我肯定帮。说着陈有胜拿出钱包"哗哗哗"地点出十张粉嘟嘟的百元大钞,放在香米面前,说,这些钱你先拿着,买点好吃的好穿的,咱是大学生,就要过大学生的生活。你只管好好学习,好好享受生活,好好把握机会,懂吗?陈有胜一脸的推心置腹加关爱有加。香米觉得他后面一句话说得别有深意,却不知道深在哪里。看着桌子上的这些钱,香米心里敲起了小鼓,这么多的钱她怕是做半年的兼职也攒不来啊。这得买多少东西啊?它们,现在,真的要属于她了吗?

香米定了定神,说,我不能拿你的钱,无功不受禄。

陈有胜愣了一下,说,怎么能这么说呢?你陪我聊天,陪我吃饭,花了半天工夫,这就是你的功劳啊。这年头时间就是金钱,再说你陪我坐在这里我心情愉悦,我高兴,我工作上的劳累、烦恼都消散了,你还会说无功不受禄吗?这只是个小意思,以后我们再往深处发展,我是不会亏待你的。我知道你是个明白人,什么事情都能想开。

香米冷不丁地打了个激灵,原来话在这里等着她呢,香米明白"往深处发展"是什么意思,这老狐狸刚见面就暴露他的尾巴了,说话还这么文绉绉的,一套一套的,你不就想包养个大学生吗,不就想找个情人吗,还美其名曰"红颜知己"。

但在十张毛爷爷面前,香米哪敢说出口啊。这一年的艰苦生活和大城市的纷纷扰扰使得她开始怀疑自己所做的一切,她坚持的所谓尊严和道德有什么意义?在这个城市里,她究竟扮演了一个怎样的角色？都市里的乞讨者，还是大学里的农民工？她无法对桌子上那一大叠钞票无动于衷，她没有想到世上还有这么容易的事儿。香米的眼睛不知道该往哪儿看，桌上的钞票像长了手，一点点地搬着香米的脑袋。

陈有胜还是那副样子，似笑非笑地等着香米做出反应。香米使劲咬了咬嘴唇，终于憋着一口气说，陈哥，你需要我怎么做你就直说吧，钱我不能白拿。

呵呵，不能看成是纯交易啊，那多没意思啊。以后你周末都来陪我就行了，就是吃吃饭、喝喝茶、聊聊天，看看电影。陈有胜说得云淡风轻，脸上的肥肉也跟着欢快地跳着。

还有呢？香米硬着头皮继续问道。

那还要看下一步的交往啊，呵呵，你不要太心急嘛。不要想些乱七八糟的，你要好好学习。"好好学习"这几个字从陈有胜的嘴里说出来真是让香米觉得讽刺。香米从来都是好学生，很少有人提醒她好好学习。高中的时候母亲看她那么劳累反而还劝她不要那么用功，累坏了身体怎么能行。想到了母亲，香米眼前就有一丝阴云飘过，心里酸涩了起来。

陈有胜一边把餐巾纸递给香米一边说，吃好了吧？剩下的给同学带回去吧。然后把钱折好，放在香米身边装衣服的纸袋里，说，最近公司又开了新的楼盘，挺忙的，我得先走了，回头再给你打电话。

香米真是穷怕了，穷疯了。因为这一个"穷"字，她不知吃了多少苦头，流了多少眼泪。如果不是因为穷，父母会没命地打工吗？如果不是因为穷，母亲会因为节省医药费而一直拖着重病吗？如

025

果不是因为穷,弟弟会总是被别的男孩子欺负吗?如果不是因为穷,她会这么卑微地活在这个本该充满活力的年纪吗?袋子里的钞票就像一道耀眼的光亮,足以让香米眩晕。它也像那条漂亮的白裙子,可以把香米所有的自卑和贫穷都掩盖起来。香米承认,骨子里,她比谁都想做变成公主的灰姑娘。

香米知道,有些东西你不能一直坚持,不能总是用死脑筋来考虑一切事情,否则你最终会葬身于那条通往未知的路上。一旦机会来临,选择走一条别样的道路或许也未尝不可。至于生活,永远都充满着无数的可能性。

命运也是。

5

　　香米给自己留足了生活费,然后给家里寄了五百元钱,对父亲说是做兼职赚的,让他给弟弟买点好吃的。弟弟正在长身体,不补充营养怎么能行呢?父亲整天忙着干活肯定顾不上照顾弟弟,弟弟还小,做姐姐的就算心思再细腻、想得再周到,也弥补不了属于母亲的那一份独特的爱啊,可她能做的也只有这些了。

　　走在大街上,香米就觉得自己和以前不太一样了,是哪里不一样了呢?香米也说不上来。她穿着陈有胜买的连衣裙走在校园里,裙摆随着她的走动而轻轻地抚摸着她的小腿,她感觉自己真的像一个公主了,不自觉地就抬头挺胸了。她发现路上也有女生和男生注意她了。自己从来不讲究穿衣打扮,也不懂得服装的面料、品牌、款式之类的,但看她的女生们懂,她们是时尚和潮流的行家,每天花在衣服、首饰上的时间大把大把,她们的主要任务就是在这个如花般的年纪里变着花样让自己变成最吸引别人眼球的风景,因此她们能一眼看出一件衣服是名牌还是地摊货。至于男生么,谁不愿意多看几眼漂亮而自信的女生呢?

　　人看衣装马看鞍,这个道理城市和农村一样。你假若穿得时尚华丽一点,别人就拿正眼瞧你;你要是朴实无华,就只能被淹没在杂草丛生般的茫茫人潮中。香米暗想,要是田逸看到这一身装

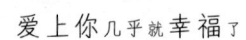

扮的她，一定会惊得说不出话来吧。

室友们看到香米的新衣服都说很漂亮，问是从哪里买的，香米早就想好怎么回答了，她说是在上海的表姐给她寄来的。于是她们又一起羡慕香米有一个好表姐。齐莹莹说，香米你真幸福啊。香米就说，我哪有你幸福啊，你男朋友什么都舍得给你买，别说一件衣服了，就是想要一个月亮搂在怀里，对方恐怕也不敢不摘吧？说完后所有人都笑起来。

香米以前是不开这种玩笑的，但不知怎么回事，现在她竟能这么自然地说出来。该不会是把陈有胜当做男朋友了吧？

夜深人静的时候，香米会忍不住想，其实有陈有胜这样一个男朋友也挺好的，出手这么大方，说话做事也体贴，自己或许真的可以不必再去东奔西走地赚钱养活自己了，可以在舍友和同学面前昂首挺胸做人了。可他离自己理想中的男朋友好远啊：他那么矮，那么胖，那么丑，那么老。

第二天中午香米回到宿舍，一眼就看到陈有胜给她买的新连衣裙从晾衣架上到了床上。她拿起来一看，发现腰身被挣开了一道大口子，像一道伤口那样突兀。香米情不自禁地"啊"地大叫了一声。游小素被吓了一大跳，说，香米你喊什么呀，吓死人不偿命啊？刚刚想对你说不好意思的，今天我想试试你的新衣服，还没穿上就破了，我不是故意的。

香米静静地听她说完后，说，你觉得你能穿得上吗？你看不出来它根本就不适合你吗？

哎，香米，有你这么说话的吗，我不就想试一试嘛。我看呀，就是这破玩意儿质地不咋样！游小素本来以为按照香米的禀性，会笑着说没关系的,可没想到却听到了香米的埋怨,于是索性一不做二不休发起了小姐脾气。

香米难过地流下流泪。翟丽推门进来,看了看香米手中的衣服,再看看嘟着嘴的游小素,就明白事情的大概了。她说,小素,你想穿也该减减肥再穿,这裙子多漂亮啊,而且是香米的表姐送的,衣服事小,情谊最重,这对她来说可是宝贝啊,就这么废了多可惜。

好吧,你们都串通起来敌对我,不就一件破衣服吗?你们这些农村人真爱计较,好,我赔给你!香米,多少钱?游小素说着就在床上翻钱包。

小素,行了行了,都是好姐妹,用得着这样大动肝火么?翟丽不想把事情闹大。

香米此时已经控制不住自己的情绪了,为裙子,也为态度,还为难以名状的委屈。眼泪汹涌地往上冲,喉咙也压不住声音了。

别哭了,给,不用找了。游小素说着,拿出三百元钱扔到了翟丽和香米面前,还是满脸的傲慢。

香米站起来,把钱轻轻地放到游小素眼前,说,这不是钱不钱的事儿。世界上的问题并不是只要有钱就能解决的!接着便抹着眼泪跑出了宿舍。

太阳挺毒的,没有一丝风。香米红肿着眼睛,走在四顾茫然的校园小路上。她心里忽然生出了一种渴望,渴望找个懂得自己的人说说心里的委屈。

6

相对第一次见面的拘谨,第二次香米就自然多了,经过了一周的时间,经过了游小素事件,香米想明白了好多事情。她再清高、再孤傲也是一个人,是人就要生存,尤其是一个单亲家庭的女孩,她总是要成长的,总是要独立面对这个复杂社会的,总是要独自处理那些形形色色的诱惑的,怎么过不是一生呢?即使考上了大学,成为了村里人的骄傲,但是谁又知道她心里的苦楚?人有的时候,就是需要妥协的,向生活妥协,向信念妥协,向理想妥协,一味的执着最后受伤的还是自己。

想明白了的香米大方起来了,她不再扭扭捏捏了,她开始回应陈有胜的眼神,偶尔也应和着陈有胜的玩笑话,假装自己和他在一起很开心。

他们去电影院看了一场电影,是一部外国大片。电影中有一个片段是床戏,男女主角在一片幽暗的氛围中柔情蜜意不分彼此。短短几分钟,在香米感觉有几个小时那么长,香米想躲开,可眼睛刚离开屏幕,就看前面的一对年轻情侣正抱在一起接吻。眼睛的余光中,陈有胜正用异样的眼神看着自己。香米尴尬得不知如何是好,手慌乱地摸向怀里的爆米花。

陈有胜就是这时候把手伸过来揽住她的腰的,另一只手在她身上若有若无地游走，眼睛却直直地盯着前面的屏幕。香米的呼吸也不由自主地变粗了，她狠狠地瞪了他一眼，就又转过头去，没有反抗。陈有胜发现了香米眼睛里闪现的惊慌，以及她的不谙世事，见她没拒绝，就越来越大胆，直接把手伸进了香米的内衣里面揉捏着香米的乳房。香米打了个哆嗦，身体不由自主地燥热起来。她完全蒙了，不知道这个时候自己应该怎么办。这个向来在农村女人眼里最保守最隐蔽的部位，就这样在陈有胜的大手里像小鸽子一样"扑棱扑棱"地跳跃着。香米以前几乎没有关注和在意过她已经发育成熟的乳房，甚至自己都没有摸过，但现在它们却实实在在地被握在一个陌生男人的手里，心甘情愿地任由他处置。

香米的身上出了一层汗，心里百般的不情愿，身体却从未有过地欢快着，完全不受自己控制。香米闭着眼睛的时候心里想，这一次多么像人生路上一个隆重的仪式，一道难关，只要她踏过了这道坎，闯过了这个关，或许一切都会拨开迷雾见晴天了。

陈有胜贴在香米耳边，低声说，我的手很有魔力吧。热气吹得她耳朵发痒，香米听到这话，瞬间全身的血液全涌到脸上了，从耳根到整个面部都发烫，被他抚摸过的地方也火烧火燎的。那一刻她既恨陈有胜又恨自己。

香米知道，这是迟早的事儿。拿人家的手短，吃人家的嘴软，总不能白吃白喝不回报吧，这道理香米懂。香米安慰自己，一千块钱外加两件衣服，让他摸几下又有什么关系呢？认真计算起来的话，自己似乎也没受什么损失。

出了电影院，陈有胜就提出要带香米去养生会所。香米坐在副驾驶上，对自己说：该来的都会来的。

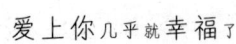

香米仿佛进入了另一个从来没见过的世界,既像五彩的童话王国又像神秘的迷宫。宽敞明亮的房间富丽堂皇,里面的服务人员挂着能淌出蜜来的微笑。香米不习惯被这么多人包围着服务,更不习惯被陌生人体贴到举手投足都被关注。陈有胜看出来香米的囧,低声在她耳边说:放松点儿,在这儿我们是上帝,拿出点儿上帝女人的派头来吧。"女人"两个字刺激了香米,也诱惑了香米。她顺着陈有胜搂她的手臂往他身上靠了靠,看向陈有胜的眼神都有点儿水汪汪的了。

陈有胜带她做了足疗。双脚浸在微烫的水里,足疗师轻轻地抹上浴盐,轻轻揉搓,然后用雪白的毛巾擦干,再抹上精油。在香气缭绕的包围之中,香米觉得全身都软了,连骨头都要化开了。之前,别说脚,就是香米的脸都没享受过这样的待遇啊。

陈有胜舒服地伸了个懒腰,说,养生要从年轻做起啊。香米心里酸酸的,她想起农忙的时候父母整天都在田地里,累了一天连脸也顾不上洗就倒头大睡,更别提洗脚了。多少庄稼人这辈子都被捆绑在土地上,黑夜白天不分地在野外劳作,哪怕是进一趟城,开一次眼,享一天的福啊。心里这么想着,脸上却还是附和的笑容。

一想到父母,香米脑子清醒了很多。她不禁暗骂陈有胜真是一个精明的老狐狸,这一步一步的棋走得可真是老到。先是看场情爱电影,给你一段激情戏垫垫底,算是给你一个信号;接着顺手牵羊占了你的便宜,你没反对貌似还很享受,那好,就慢慢地让你进入角色;然后再领你到这儿泡泡脚按按摩,咱是高质量的恋爱呀,就得讲究养生。之后的事便可想而知了,脚也洗了,觉就得睡了,一套包养的程序也就由此完美而顺理成章地拉开大幕了,就算

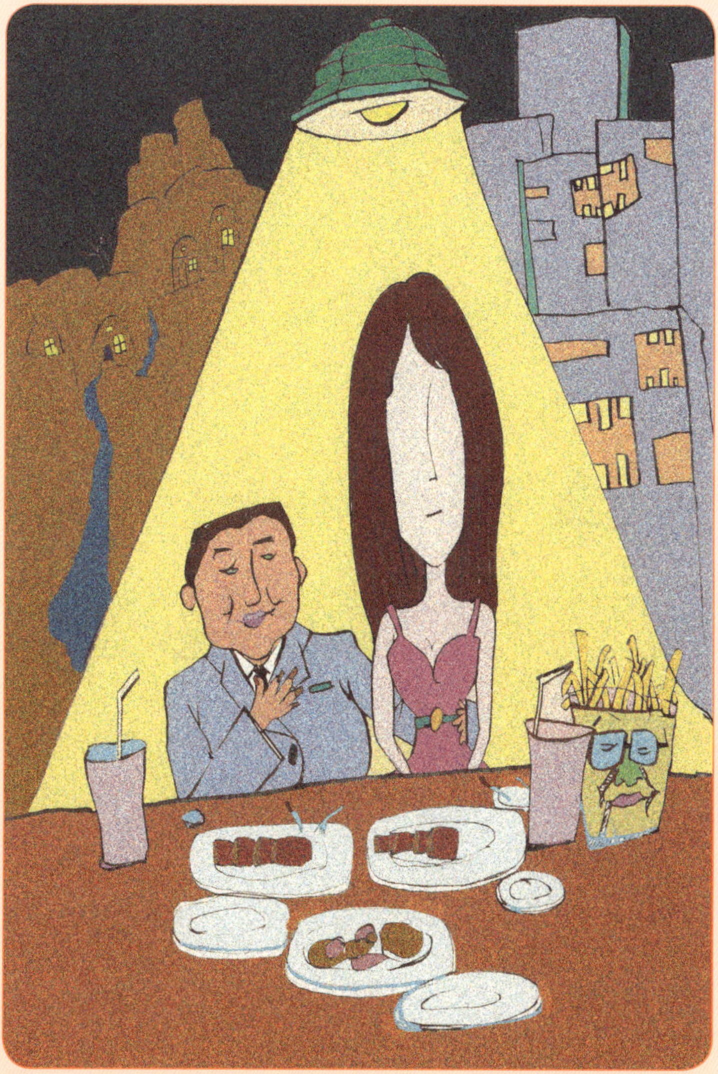

香米老觉得越光鲜的外衣下,越可能遮掩着寂寞的心事。拥有再多的富贵繁华,也不过是幸福的假象。

你后悔了,想逃了,想哭爹喊娘呼唤正义了,到那时候陈有胜能由着你的性子来吗?就算由着你一哭二闹三上吊,你还会有全身而退的余地吗?再者说了,说到底是你自个儿犯贱,赖得上谁?香米这时候开始忐忑不安,这下可好,果真入了虎穴了,想逃,比上青天还难啊。

不过,香米已经做好冲锋陷阵的准备了,献身就献身,既然已经走到这一步了,大不了豁出去了。香米记得高中时候的座右铭是:自己选择的道路,无论多么艰难,都要勇敢地走下去。

但是情况出乎香米的意料,泡完脚之后陈有胜就带她离开了养生会所。她满脑子都是问号,直到陈有胜的车在一家五星级大酒店门口停了下来,她的问号才找到了答案。原来是这样,泡完脚之后,先不着急,还有一步棋在这里等着你呢:先吃个饭哄哄你,甚至把你灌醉,省得你反抗不从。最重要的是,酒店比养生会所安全方便多了。香米忍不住想,不知道那些入了虎口的羊羔临死前是怎么想的,他们是怨恨老虎呢还是可怜自己?

进了包间,香米才知道原来是他的朋友聚会。男男女女地坐了一大桌。陈有胜一进来,他们笑着打招呼、握手、拥抱,一群大男人抱成一团像是多少年没见了一样,香米觉得好笑。在她眼中他们长得都一个模样,一样的肥头大耳,一样的啤酒肚,每个人身边都坐着一个穿着时髦、有着浓艳妆容的年轻女子。香米和她们微笑点头,坐在陈有胜拉开的椅子上。香米想,她们之中是不是也有大学生呢?或许也有像她那样因家境贫寒而不得不走这条路的可怜女孩。以前她总是把这样的女孩想成贪图荣华富贵的肤浅之徒,如今,自己也坐在这里,香米更愿意相信她们都有不得已的苦

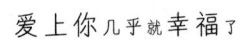

衷。怀着这样的心情,香米再和她们对视时,脸色也柔和多了。说到底,自己就算有高学历,可是现在,在这个酒店里,在这个房间,她和她们没什么两样,都是被大款包养的情人。

男人们坐下来抽烟,聊天,谈生意,谈天南海北的所见所闻,谈男人和女人,时不时地讲几个黄色段子,接着是一阵狼嚎般的大笑声。包间里烟雾缭绕,高谈阔论声此起彼伏,香米没见过这种场面,一直不说话。

一个秃顶的男人对陈有胜坏笑着说,老陈,这次挺嫩啊。说完朝着香米若有深意地笑,一副色迷迷的样子。一个化着浓妆的姑娘也走过来,盯着香米从头到脚看,然后把胳膊搭在陈有胜的肩膀上,说,陈哥,这个妹子长得眉清目秀的,你眼光不错嘛。陈有胜一只手摸着肚子上的肥膘,一只手捏着香米的手腕,呵呵地笑着说,以后她还要多跟你学习,你要好好教教她啊。香米低着头,心里骂,我跟她学个头啊!

酒宴散了,陈有胜说送香米回学校,香米如释重负。路上香米一直不说话。陈有胜说,香米,他们都夸你漂亮呢,这次你可为我争光了,你漂亮就是我的光荣啊。香米还是没反应。陈有胜似乎感觉到了香米的闷闷不乐,抽出一只手拍拍香米的肩,说,那种场合你可能不习惯,以后参加的多了就好了。他们跟我一样,都不是坏人,只是一群你还不熟悉的人。都是我的朋友,说深了说浅了的,请你多体谅一下。听陈有胜这么说,香米倒不好说什么了。

临下车的时候,陈有胜从皮包里拿出一个信封塞给香米,说,回去该学习就学习,该玩就玩,吃穿都别委屈着自己。别的女同学怎么把自己打扮成一朵花你就怎么打扮。她们打扮成玫瑰,你就打扮成牡丹。周末就给我打电话,陈哥陪你放放松,教你好好享受生活。

见香米还是不说话,陈有胜捏了捏她的脸说,一定要学会让自己开心,知道吗小丫头……说着,就双手环过来抱住香米,拍拍香米的后背。香米僵硬着,说,我得走了,宿舍楼该锁门了。

陈有胜走了,香米独自走在校园昏暗的灯光下,夜风吹来,一阵清新。摸着口袋里的信封,想着这一天的点点滴滴,香米心里居然满溢着说不清道不明的满足,她骂自己,别这么贱,这么两下子就被搞定了。等迫不及待地到厕所,点清信封里的钱的时候,香米不由自主地笑了,两千块啊!

7

田逸又打电话过来找香米,说秋天到了,邀她一起去郊区看红叶。

香米心里还是不能接受田逸的热情邀约,他太阳光、太明媚了,而自己太忧愁、心结太大,他们根本就不是同一个世界的人。而且她已经和陈有胜扯上那样的关系了,更是配不上田逸那么优秀的人了。她说,还有一篇作业没写完,要赶一下,没时间去。

田逸有点儿失望,但仍不放弃,继续劝她道,我们都是大学生了,没必要像高中那样整天为学习所累,走出去看看外面的世界也是一种开阔视野的方式,读万卷书也不要忽视万里路啊。最主要的是放松一下心情,说不定还能收获到意外的作业灵感呢。听着一向能说会道的田逸在电话里结结巴巴地找说服香米的理由,香米心里暗暗地笑着。

香米犹豫着,纠结着。其实她很想去。她不反感田逸,甚至对他这么频繁而热情的邀请感到温暖,她拒绝和躲避只是因为自己的落魄。有时候她想,如果我能够风风光光、体体面面地站在喜欢的人面前该多好啊,没有贫穷,没有自卑,没有耻辱。可是她不能,没有钱,她拿什么养活自己?拿什么装扮自己?拿什么赢得一场美好而精彩的爱情?

当然，现在和以前的情况大不相同了，她找到了一条赚钱的捷径。是的，作为一个从穷山沟里出来的女孩，她一无所有，可是她又有一件最值钱的宝贝，那就是她年轻的身体，她充满旺盛生命力的青春，这就是她最值得利用的资本。于是她开了窍，学会了用她这个活生生的人当做一件赚钱的工具。可不是吗，她根本没费吹灰之力，就得到了几千块钱，如果以后再稍微花一点气力，一定会有越来越多的钱飞到她的手中。其实光手头这些钱就足以让她有心理上的优越感了，她现在再不是那个穷得叮当响的香米了。只是，她想象不出他们两个人会有什么共同话题，她在他面前会不会因紧张不安而失态？她满脑子装着心事能够完全敞开心扉尽情融入大自然吗？要是田逸知道他邀请的女生和社会上的人有不正当关系会怎么样呢……

田逸见香米没说话，在电话那头兴奋地说，沉默就代表默许了是吧，香米，我就知道你会同意的。我们明天下午去吧，我查过你们专业的课程安排了，你们明天下午没有课。就这样说定了，到时候不见不散。

香米乱如麻团的思绪被田逸的话拉回来，听到他竟然查过她的课程安排，香米有点感动，嘴上说，好的，明天下午我去。

香米挂断电话，又突然感到隐隐的不安，这算怎么一回事呢？和一个老男人假装谈情说爱，出卖自己，用换来的钱来装点自己，然后去和另一个自己喜欢的男人约会？她怎么能做出这种荒唐的事情？她这算是"脚踏两只船"吗？但是，眼睁睁地看着爱情在她面前溜走，她又心有不甘，别的女生都在享受着快乐的青春年华，像五颜六色的花朵一样恣意开放着，招摇着，她也多想像一朵最独

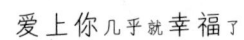

特的花儿一样在春天的山坡上尽情绽放啊！

　　郊区在这座城市的东北方向，坐公交车要一个小时。他们闲聊了一路，香米发现他们说话的过程远远没有自己想的那么尴尬，反而很自然，很有意思。田逸喜欢开玩笑，知道许多新闻趣事，而且因为香米答应他出来，他高兴得只想耍宝逗香米开心。他不仅长着帅气的外表，而且也很有涵养，了解很多文学、历史、哲学方面的知识，尤其是对香米喜欢的哲学，他侃侃而谈，总能时不时地冒出一两句让香米眼前一亮的哲理来。

　　来秋游的人不少，但大多是老人。说起来，中国真的是老龄社会了，公园里，景区里，到处都是老人。香米每次看到，心里都忍不住心疼爸爸，想念妈妈。很多老人都和自己的父母年龄差不多，他们拿着退休金，呼吸着新鲜空气锻炼身体，而自己的父母，何尝有过一天这样的清闲。香米不想跟田逸说这些，怕吓着他，也怕他看低自己。

　　阵阵微风拂面而过，像一层轻纱温柔地抚过他们的脸颊，草地上一些小野花一簇一簇地开放着，遍布了整片草地，向远处望去如同一幅色彩斑斓的图画，丝丝缕缕的幽香漫溢过来，令人陶醉其中。不远处就是成片的红叶林，那鲜艳的色彩也仿佛对香米说，忘了那些忧伤吧。

　　田逸完全没注意到香米的情绪变化，还是高兴地说着，我没事的时候就喜欢到野外来看看风景，既愉悦了身心，也增加了生活的体验，有些东西我们从书本上是学不到的。

　　香米点着头，说，是啊。

田逸接着说,而且,现在流行养生。什么是最好的养生方式?回到自然就是。

听田逸这么说,香米忍不住想起陈有胜说的,养生要趁早。不知道整天出入饭局、养生会所的陈有胜,怎么看待自然。想到他,香米有一种别样的感觉。

田逸走过来专注地看着香米说,香米,你知道么,我从第一次见到你在舞台上唱歌就觉得你是一个很特别的女孩,这么长时间了,现在仍然这么认为。我希望,有机会可以……

香米"扑哧"一声笑了出来,打断了他的话,说,这人呀,光是凭眼睛看是看不出好坏来的。

不,我相信我的直觉,事实证明向来很准。比如说你,肯定是个好女孩。田逸略显严肃地说。

香米突然怔了一下,自己是个好女孩吗?以前肯定是的,但如今呢?为了钱她出卖了自己,而且心甘情愿地踏上了陈有胜的贼船而改了初心。

香米觉得田逸未免有点可笑,竟然相信直觉这回事!殊不知直觉只是通过看事物表面而作出的片面而主观的结论,而主观的就是狭隘的,事物表面显现的很可能是经过伪装的,或者仅仅是人的一厢情愿。

她突然想起陈有胜曾经说过的一句话:年轻人都是青涩的生瓜蛋子,不成熟。虽然田逸已经很优秀了,但是和陈有胜比起来,他确实是属于青涩而不稳重的那类人,想问题还是很幼稚。

香米一瞬间百感交集,不知道说什么来回应田逸,便沉默不语。

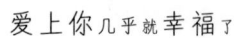

一阵风吹过来，树上的红叶簌簌地落下来，落到他们的身上。田逸走过来牵起香米的手，静静地看着她笑，眼睛里满是喜悦和爱意。香米心里暖了一下，但她还不确定自己是不是留恋这种暖，于是看了看四周，故作感叹道，真美啊，我们捡一些红叶留作纪念吧，于是轻巧地挣脱田逸的手，张开双臂迎接着随风起舞的红叶。

回去的时候天已经暗下来了。公交车上人很多，田逸和香米只能挤在狭窄的过道里。尤其是到了大学区之后，挤上来的都是学生面孔，眼睛里充满茫然和迷惘。

香米想，如今在社会上最难立足的就是年轻人了，本来就缺乏社会经验，又从学校里学不到什么实用的技能。再看看路上，车水马龙，私家车来回穿行，多得数不过来，白手起家的年轻人要闯荡多少年才能拥有他们那样的生活呢？这也难怪女孩要去投靠老板、大款去坐享其成。女孩儿的青春那么短，奋斗不起啊！在无谓奋斗的路上，香米虽不能算是"浪子回头"，也算是及时悬崖勒马了。幸亏有陈有胜，让香米迷途知返……

想着想着，汽车突然来了个急刹车，香米没抓紧扶手，脚也没站稳，身子不自觉地往前倾，后面的人也随之往前逼进了一步，使得香米结结实实地倒在了田逸的怀里。由于惯性，她搂住了他的腰，而身后的人还没有丝毫后退的意思，于是香米也只能继续保持着这个姿势，随着汽车的摇晃，维持着自身的平衡。

有那么一瞬间，香米的心狂跳了起来，对，就是怦然心动的感觉。压抑在香米内心深处的情愫骤然而至，像一粒子弹精准地袭击了她。因为车上人多，田逸刚上车就把外套脱了下来，只穿着一件T恤，香米的脸贴着田逸单薄却结实的胸膛，几乎能感觉到他的心跳。

男人的爱情，是由生理冲动开始的；女人的爱情，是由心动开始的。那么此时的香米，是真的被爱情袭击了。

在拥挤的人潮中，香米感觉就像紧紧地抓住了一根救命稻草，那一刻她是安稳而又幸福的，周围的人既是阻碍又是保护伞，她夹在里面竟然感到了从来没有过的温暖和踏实。

从小到大，香米还没有这么真真切切地拥抱过一个人。自从母亲去世以后，内心的阴影一直挥之不去，她以为自己足够坚强，不需要别人的同情和关爱，不需要别人的认同和夸奖，不需要爱情的滋润和洗礼，可就在此时，一个真真实实的拥抱，便让她获得了莫大的安全感。她忽然知道，她需要赞美和欣赏，需要关怀和认可，更需要真心实意的情话和爱抚。她需要爱情！

如潮涌般的思绪排江倒海一样一个浪推着一个浪地扑面而来，香米终于"哇"地号啕大哭了起来，车上的人都好奇地把视线转移过来。

田逸吓坏了，他更紧地抱着香米，低声说，怎么了怎么了，别哭啊，怎么了，挤疼你了？你先别哭，别哭。

香米不说话。一肚子的苦水，憋了那么久，终于在这一刻喷发了。可她虽然在不管不顾地哭着，神智还是清醒的。她知道此刻正牢牢地抱着田逸，她偏不松开，田逸不是说她是个好女孩吗？不是处处表现得在乎她喜欢她吗？香米就要这一刻，哪怕只有这一刻。

这一路上，她和田逸一直是相拥着的，车上的人下去了一拨又

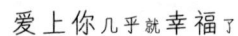

上来一拨,上上下下的整个行程,他们两个人的姿势几乎没有改变,就像两个虔诚的士兵誓死捍卫着最后一座城池,又像天地之间两根无所依托的浮萍找到了彼此的依靠,就那样互相依傍着,心无旁骛地坚守着那不可多得的一丁点儿爱情的火花。

香米破涕为笑,弄得田逸一头雾水。连连说,下次咱们出来,找人少的时候,免得你被挤哭。香米还是笑。

那一晚香米失眠了。冷静下来,她开始悔恨自己的失态。田逸的白T恤被自己的鼻涕眼泪弄得一塌糊涂,他会不会就此讨厌她呀?应该不会,她记得他们分别的时候,田逸还对她说,香米,你心里有什么事儿,一定要告诉我,如果你愿意,我想和你一起承担。一起承担?他能吗?她已经处在水深火热之中不能自拔了,还要再拖一个人下水吗?

但同时香米也知道,经过了今天,她不会再刻意遏制爱情的种子正常萌发了,至少她不会再想尽办法排斥田逸了。她觉得自己心底里最柔软的部分被悄无声息地打开了,那是一块水草丰茂的宝地,亟待有人去发掘和开采。

与陈有胜是交易,跟田逸是爱情。有了交易,她无需像往常那样四处奔波劳累了;有了田逸,自己的青春也不用再耗在暗无天日的挣扎和忍耐中了。香米自信自己分得清,也清楚地知道两个她都想要。尤其是田逸的拥抱,田逸的心跳,田逸傻傻的不明真相的心疼,都让香米迷恋不已。她躺在床上,用被子蒙住脸,咯咯地笑了。

8

香米的宿舍在二楼。游小素听到宿舍楼下人声鼎沸,就趴在阳台上看,接着就喊翟丽快点来。翟丽满腹狐疑地走过去朝楼下看,一眼就看到宋一博站在人群中央,脚边是一个大大的用各种饮料瓶拼成的"心"形,五颜六色的瓶盖组成的图案鲜亮而充满了生机。

见翟丽探出头来,宋一博大喊了一声,翟丽,我爱你!他身边围了很多人,大家大声地起哄,鼓掌欢呼着。

翟丽羞红了脸。

哇,好有创意,好浪漫啊。游小素在一旁忙着感叹,小丽,我好羡慕你啊!

香米也走到阳台上来,听宋一博朗诵他的诗:

> 原谅我的笨拙
> 无法说出对你的倾慕
> 原谅我的痴情
> 无法停住对你的思恋
> 原谅我的渺小
> 装不下大海般深沉的爱

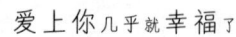

原谅我的执着

只能陪着你

走向通往未来的长路。

紧接着众人又是一阵鼓掌和欢呼。这么隆重的告白,这么大的惊喜,即便是淡定的翟丽,也激动得难以自持。宋一博以前顶多是当面献给她一首诗,或送给她一捧玫瑰花,从来没有像现在这样在大庭广众之下热烈而别出心裁地表达他的爱意。

下来!下来!下来!楼下的人一齐朝她们这边喊。翟丽这才反应过来,拉着香米的手就要往外走。香米说,我才不下去呢,当电灯泡啊。

翟丽只好一个人匆匆下楼去,不一会儿怀里抱着几瓶饮料回来了。香米问,你这是做什么啊?

一博说把饮料给大家分了。

把心分了啊!游小素突然冒出一句。话一出口,连她自己这么没心没肺的人都觉出了不吉利,赶紧找补说,我是说,不应该分。

香米一愣,可不是吗?这颗心是由饮料围成的,现在把饮料分了,这得分成多少份啊?而且,这颗心由这么多种类的饮料瓶组成,虽然看起来五光十色,但是否也隐含着没有一心一意,而是花花肠子呢?宋一博的创意挺好,但却有点弄巧成拙的意味。香米也奇怪,自己这是犯的哪门子酸。

好在翟丽根本没在意。说,反正这么多我们也喝不完,分给大家,一起分享快乐。

说实话,香米一直羡慕翟丽,安安稳稳的,没有大风大雨,没有大悲大喜,连爱情也是,一开始就风平浪静的,偶尔收到一点惊喜,就像平静的湖面上被一块石头激起了一圈涟漪,这涟漪并不是马上就停止,而是不断地向四周蔓延,这个无限延展的过程,就是翟丽的意义和情趣。

翟丽说,对了,今天晚上宋一博要请咱们出去吃饭,我们都交往了这么长时间,他还没有机会和你们好好交流过。

太好啦,小丽你打电话让莹莹快点回来,别耽误了我们的晚餐。游小素一边照着镜子,一边欢快地说,莹莹这个人真是的,明显的见色忘友嘛,成天和她男朋友在外面又玩又逛,好几天都不露个面,夜不归宿连个招呼也不打,就不怕让宿管大妈发现通报批评,我就纳闷儿了,外面的世界有那么好玩儿吗?

翟丽笑了笑,说,小素,等你谈了恋爱就知道了,不是外面的世界吸引着莹莹,而是她身边的那个人,或者说是爱情本身吸引着她。

男朋友等同于爱情本身吗?游小素不解地问。

哈哈,这个,你还是自个儿悟去吧。翟丽故作神秘道。

经你这么一说我真的好期待啊,我的爱情在哪儿呢?快快出现吧!游小素拿出一副舞台剧的表情,逗得香米和翟丽咯咯地笑。

游小素和翟丽打赌说,齐莹莹一定会把她男朋友也带来。事实证明,游小素猜得没错,晚上的时候齐莹莹果真挽着照片里的高个男生来了,给大家介绍说,这就是林安。然后解释说他们这几天到风景区爬山去了,赶不回来,谢谢姐妹们课上课下的掩护。

刚刚认识几天就如胶似漆了,而且还在校外过夜,齐莹莹总是颠覆香米的观念。香米也跟着大家起哄逗趣儿。不知为什么,自从参加过陈有胜的饭局之后,香米在这样的场合也变得游刃有余起来了。只是大家都忙着沉浸在各自感兴趣的爱情话题里，谁都没有留意香米的变化。

宋一博这个人香米倒是知道，也多少了解一点。从说话间感觉他骨子里藏着文人的一种细腻和傲气，而林安给她的第一印象就是运动员的风范。想来如果这一文一武狭路相逢或许会碰撞出一点异样的火花来。

果然，本来气氛很好的聚会不知什么原因突然冷了场。

起因是游小素举着酒杯给宋一博敬酒，她说，宋才子今天在楼下示爱，太独特了，太感人了，你整个就是一浪漫主义诗人呐。

这么现实主义的一个人，竟然还知道浪漫主义，了不得！香米小声对身边的翟丽嘀咕着。因为游小素弄坏了她的裙子还蛮不讲理，香米一直有点儿耿耿于怀，现在看到她那副嗲声嗲气的样子，骨子里有点反感。

宋一博没想到有人会这么夸赞他，说，诗人的称号不敢当，但是我一直都喜欢英国的浪漫主义诗人拜伦和雪莱，毕生的追求也是做一名诗人。他谦虚地笑着，但满脸是被女孩儿赞誉的受用。

游小素说，那么未来的大诗人，现在就给我签个名吧。说着就要拉开书包掏纸笔。

呵呵，不敢不敢。宋一博得到这么大的赞美，脸忽然红了。他有点儿不好意思地看了一眼翟丽，翟丽不在乎地朝他撇了一下嘴角。

我提议你为大家朗诵一首你写的诗吧。游小素格外活跃，毫不顾忌坐在宋一博边上的翟丽，一个劲儿地和他套近乎。

宋一博真的被提起兴致来了，从书包里拿出一个笔记本，声情

并茂地读了起来:

  轻轻地你来了
  可爱的云彩
  携着前世的约定
  来赴这场爱情盛会
  我只愿静静地
  看着你
  就好
  一直一直
  你就这么甜到
  我的心里。

  像泰戈尔的风格,不,是拜伦!一博,我好崇拜你啊!真有大家风范啊!不知什么时候,宋一博已经变成了游小素嘴里的一博,而且,看那样子,如果旁边没有人,她会像粉丝一样扑上去。

  香米几乎都掩饰不住脸上的不屑了,有点儿文学常识的人都知道,这是徐志摩,可在游小素那里一会儿是泰戈尔,一会儿又成了拜伦。更可笑的是宋一博,被粉丝冲昏了头脑,不加纠正。香米一下子理解了,难怪很多名人,不管粉丝是不是脑残,只要有,一概笑纳。原来享受的就是这个被吹捧的过程!

  还没等翟丽说话,齐莹莹倒先开了腔,说,这是写给小丽的吧?听说你经常给小丽写情诗,我真羡慕小丽。说着还朝林安眨了眨眼睛。

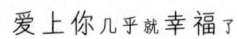

翟丽一扫刚刚冒头儿的醋意,自豪地笑了起来,柔情蜜意地盯着宋一博说,确实是不少了,是吧,一博? 起码够出一本诗集了。

都这么多了呀? 真厉害! 游小素大惊小怪得太反常。

多多益善,多多益善。宋一博有点儿慌乱,一边这样敷衍她一边往翟丽那边坐了坐。

林安好像喝多了,一拍桌子,指着宋一博的鼻子,轻蔑地说,哥们儿光会来文的,会点儿功夫不? 无论哪个痞子见了我都得吓得屁滚尿流的!

这个阵势立即让所有人都沉默了,整个房间鸦雀无声。林安不管不顾,接着说,一文弱书生,写几首破诗,就敢在老子面前显摆,你摆哪门子谱儿啊?

齐莹莹扯了扯他的衣角,说,你干什么啊? 大家正玩得开心呢。

宋一博丈二和尚摸不着头脑,心里的一股火"呼"地蹿上来了,刚想发作,和他理论理论,转而一想,秀才遇见兵,有理讲不清,这种四肢发达头脑简单的人不值得较真儿。

游小素可没宋一博那么有涵养,她发了飙,书生怎么了? 写破诗怎么了? 你会吗? 你有本事写一首我看看! 看你长得人模人样的,我以前还当着莹莹的面夸过你长得帅,真脏了我的嘴,我呸!

我不跟女人一般见识,你说得对,我是不会写,我要是会写我老婆会羡慕这位大诗人吗! 林安瞪着游小素恨恨地说。

齐莹莹赶紧出来打圆场,说,你们别生气,林安他喝醉了,胡说八道,其实他没有恶意。一博,小素,你们都别和他计较啊。

游小素放低了声音,说,看在莹莹的面上,我不跟你吵,但我不

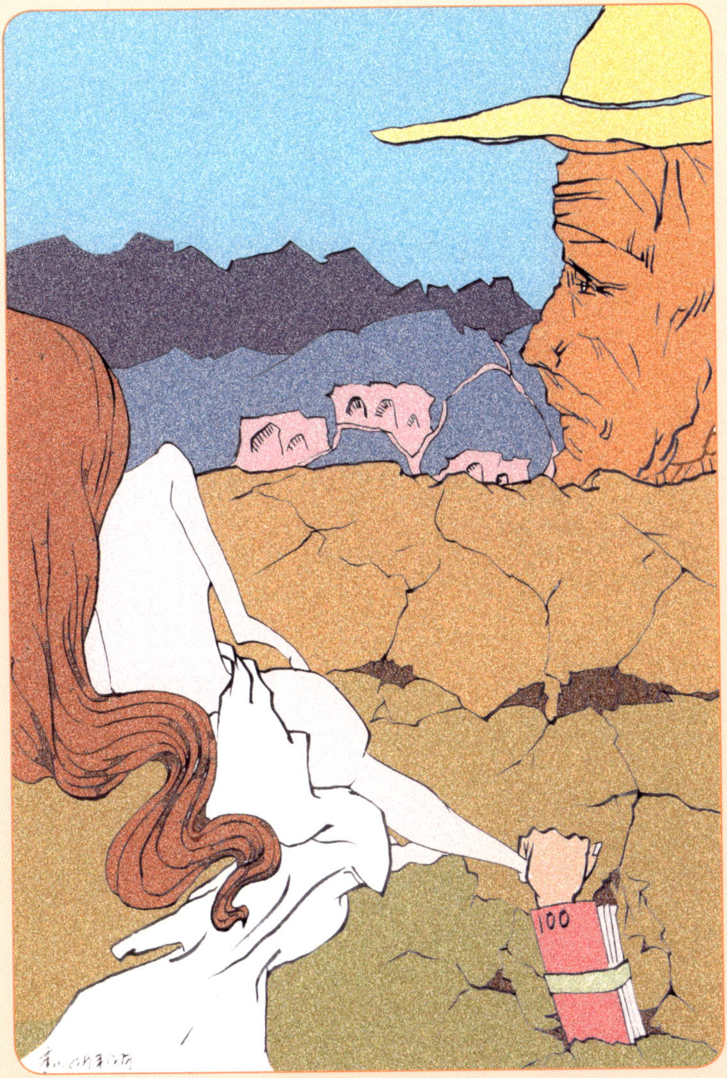
100

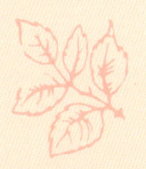

现在的香米，身在繁华的大都市里，却以更加贫困、更加卑微的姿态活着……这种暗淡的生活像小虫子蠕动般地在她的心里钻来钻去，撕咬她，折磨她，摧毁她，逼迫着她越来越无路可走。

是怕你,我是懒得理你这样的小混混!有这闲工夫我还想多听几首诗呢。

行了!闹够了没有!翟丽发了火,说,一博好心好意请你们吃顿饭,你们就是这么做客人的吗?还讲不讲情理了?

大家都是第一次看翟丽生气。香米知道,她不是因为林安,是因为游小素。在香米看来,是游小素一副粉丝加女主人的姿态刺伤了翟丽。

香米讨厌游小素。可她也讨厌宋一博和林安。难怪陈有胜说你们生瓜蛋子,你们还真是"绣花的枕头一包草",表面看上去都仪表堂堂,玉树临风的,可处理起问题来,一个比一个幼稚。香米忍不住想,不知道田逸在这样的场合会作何表现,好在她们还都不知道田逸和香米的秘密。

回到宿舍,齐莹莹满怀歉意地向大家解释,林安平时不是那样的,很随和的一个人,今天心情不好,又喝了点酒,情绪就失控了。

莹莹,我真是为你感到悲哀,甚至有点儿同情你。翟丽不依不饶。

小丽,对不起,我代他向你和宋一博道歉。齐莹莹一边说着一边去拉翟丽的手。

也没什么,我就是真心为你着想。你以为只要找一个体院的男生就能带给你安全感了吗?他这样为人处世,这么冲动,本身就是一种不安全的行为。莹莹,我劝你先了解清楚一个人之后再把真心拿出来,否则最后吃苦头的是你自己。

就是啊,我同意小丽的说法,游小素赶紧插嘴,我虽然比较看重人的外貌,但我更欣赏德才兼备的人。看看宋一博,一瓢脏水泼

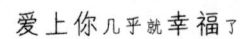

在他头上，人家连吭都没吭，这是多大的定力？从这件事上就可以看出宋一博的胸怀像大海一样宽广。说实话，我们现在这个校园里，还有几个人能这样呢？莹莹，你要么让林安把脾气收一收，要么干脆和他分了得了。

齐莹莹说，他对我真的很好呀，而且在车上给抱小孩的妇女让座，在马路上给乞讨的老大爷钱。我没有理由跟他分啊。她像是在发问，又像在自言自语。

游小素说，这都是小儿科啦，做样子给别人看谁不会啊。莹莹，我真不知道该说你什么好了，我劝你早点离他远一点吧，宁缺毋滥。

先看看再说吧，我觉得他还是一个不错的人，实在不行再说吧。齐莹莹满不在乎地说。

翟丽不认同游小素说的，但也知道，自己和齐莹莹在爱情观念上是两条平行线。

爱情里的真真假假，谁又能说得清楚，看得明白？或许只有当岁月的长河不断向前流去，我们才能逐渐看清曾经云里雾里的那些过往。

9

从那次参加朋友的宴会回来之后,陈有胜又约了香米几次,但他们的关系都没有什么实质性的进展。他自始至终也没问过香米的家庭情况。香米知道,以陈有胜的阅历和眼光,不可能猜不到香米是农村来的学生。他是故意装作对香米的过去丝毫不感兴趣的样子,当然也完全不提他的家庭,只是和香米聊一些社会上发生的新闻趣事。一般都是他滔滔不绝地说,香米歪着头听,偶尔发表一下简单的看法,有时陈有胜会突然眼睛放光,紧紧盯着她说,香米,你真是我的知己啊。

有时候香米会享受陈有胜欣赏的眼神,有时候她又受不了这些暧昧不清的话语,从心理到生理都极度反感。

但她家里还有几万元的欠款,今年的大旱又使地里的庄稼大幅度减产,有的地块几乎颗粒无收,父亲也急得病倒了。这学期的学费还是借舅舅家的。母亲去世了,她的娘家也就和香米爷俩渐渐生疏了,舅舅借给她钱的时候眉头皱得紧紧的,支支吾吾了半天,说让她早点儿还回来。她知道舅妈给了舅舅多少脸色,也知道舅舅为难,但她还是心酸难当,眼泪哗哗地流。舅舅看她这样,叹了口气说:舅舅也是没有办法。

她的弟弟正在青春期,是长身体的时候,却每天还吃着萝卜咸菜。母亲在的时候,弟弟周末回家的时候就经常说腿疼,母亲就宰一只自己养的鸡给他补一补,如今母亲没了,鸡也养不成了,弟弟别说喝鸡汤了,平常吃饭饥一顿饱一顿也是常有的事。

总之,她需要钱,她期待着陈有胜问一问她的家庭状况,问一问她有什么困难,而陈有胜却好像故意和她作对一样,对此绝口不提,见面都是看电影,吃大餐,逛商场,一个劲儿地和她玩暧昧,搞情调,找感觉。本来,香米做好了心理准备下一次见面迎接陈有胜那埋伏已久的欲望魔爪,但却丝毫不见动静,陈有胜一副慢慢悠悠毫不着急的样子,稍微有一点进入主题的迹象,又发觉根本不是那么回事儿。

香米有点沉不住气了。她的目的只有一个,就是陈有胜的钱,这几乎成了她的心病,不然,谁有闲工夫在这里陪着他逍遥快乐呢?但总不能口无遮拦地伸手去要吧,就算伸手要他能白给吗?你不得给他好处吗?不得一切都服从他吗?再说,香米的脸皮还没有厚到主动开口要钱这个程度。她琢磨来琢磨去始终想不出撬开陈有胜钱包的办法。如果她主动提钱的事情,陈有胜势必会看轻她,然后终止和她的关系也说不定,那么香米前面做的铺垫不就白白浪费掉了吗?

陈有胜带着她去吃了一次川菜,满满一桌子,香米却毫无胃口。她又想到了父亲和死去的母亲,尤其是看着眼前这些美味佳肴更觉得他们很可怜,自己也很对不起他们,不觉地眼角就有了泪水。陈有胜只顾吃,没看到香米的变化。酒到酣处他就说起了自己的家庭,说他那到了更年期唠唠叨叨的老婆和读高中就把女朋友肚子搞大的不争气的儿子,还说他的公司曾经被他的下级暗中操纵差点濒临破产,后来他运筹帷幄又起死回生,风生水起。

香米发了一句感慨,陈哥也不容易啊。

陈有胜又斟了一杯酒,打了个酒嗝,深深地叹了口气,说,香米,还是你懂我的心啊。我家里那个母老虎就是吃了蜜也说不出你这么一句贴心的话,成天就知道跟我吵跟我闹,用钱也堵不住她的嘴。

香米忽然觉得其实眼前这个男人还挺可怜的,原先以为有了钱就什么都有了,可看看陈有胜,有了钱,有了一切的物质条件,精神生活却还是这么空虚,身边还有这么多烂摊子等着他去收拾。不过,香米马上转念一想,在他面前自己才是真正的可怜人,连基本的物质生活都保证不了,有什么资格去可怜别人,自己又有谁来可怜呢?

这次香米的收获是一部iphone手机。陈有胜喝醉了,朦朦胧胧中从皮包里掏出了手机,放在香米的手上。香米完全没想到,陈有胜这次出手这么大方。看着眼前崭新的手机,再看陈有胜醉醺醺的眼神,香米居然不觉得那么讨厌了。她半推半就地被陈有胜抱到腿上,被陈有胜粗壮的胳膊搂在怀里,不知怎么,自己的嘴就到了他脸上,香米想,就算是对他的感谢吧。

陈有胜第一次见香米这么主动地和他亲近,醉醺醺地对香米说,你要是一直像刚才这么乖,想要什么我都给你。香米一听,暗想终于距离自己的目标咫尺之遥了,她于是往陈有胜身边更贴近了一点儿,轻声说,我要毛爷爷。香米知道,在这种氛围之下,只能是箭在弦上必须得发了,她必须变成陈有胜喜欢的样子,甚至要让陈有胜惊喜,要是还一本正经的,谁还和她继续玩下去呢?这是香

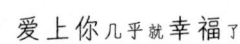

米第一次在陈有胜面前撒娇,不过她把握的火候刚刚好,既不显得做作生硬,又不显得轻浮,就算陈有胜不掏钱,双方也不会尴尬,只当是句玩笑话。

香米以这种口气同陈有胜说话,确实使他吃了一惊,似乎酒也醒了一大半。他把脸凑到香米耳边,热烘烘的嘴巴弄得香米耳朵痒痒的。他说,你要我不?你要我的话我就把毛爷爷全给你。说着就把钱包打开,用一只手使劲地抖,抖出了一摞红票子,齐刷刷地朝一个方向倒去。据香米不标准的目测估计至少有五十张,她脑海里突然蹦出来多米诺骨牌的图像,而自己就是那个推倒这个骨牌的人。眼前的陈有胜原始本性一旦暴露,一度假装的绅士风度也荡然无存了。

香米一阵心慌,这不是把钱和肉体摆在桌面上,进行赤裸裸的交易了吗?这她怎么能接受得了呢?但是她一直等的不就是这件事吗?她刚才迎合陈有胜的一切做法不正是为了引出这件事吗?香米这些日子心里那块放不下的大石头不也是需要这一刻才能结结实实地落下来吗?

她私下里设想过无数次这个场景,甚至为这个时刻的姗姗来迟而感到焦躁不安,但当她真正面临这个时刻,她又犯了难。她才刚过二十岁生日,还是一个未经尘世浸染的青春少女,她的身体是圣洁而年轻的,难道为了几张毛爷爷就把自己轻易地交给一个大自己二十多岁的老男人吗?她确实是图陈有胜的钱,他不年轻不帅气,跟自己想象中的白马王子不知道要差多远。香米这时眼前浮现出了田逸英俊清秀的脸庞,耳边回想起他那次对香米说过的话:你是个好女孩。自从那天看完红叶回来以后,她已经成功克制住自己不去想他了,而现在脑子里却突然冒了出来。他曾经那么专注而天真地用了"直觉"这个词来断定她是一个好女孩。她是一个好女孩儿啊,怎么能……

陈有胜见香米忽然没反应了,说,到底是要不要啊?香米的脸都红透了,心里挣扎着嘴上嗔怪道,讨厌!让香米动过心的男生说她是个好女孩,可她正在干些什么!她在堕落!香米刚要自责,脑海就浮出了父亲和弟弟的脸,一想到这里,香米瞬间就红了眼圈,眼泪"吧嗒吧嗒"地掉下来,砸在餐盘上,声音是那么响亮……她没抬头,而是直接抱住了陈有胜的脖子。

陈有胜一件件地脱去了她的衣服,香米像米一样白一样香的身子就这样在他面前一览无余。他把颤抖着的香米抱到床上,香米蜷缩在席梦思大床的中央,两只胳膊紧紧地抱着腿,哭得更凶了。她的恐惧使得她的头脑一片空白,待她反应过来的时候,发现陈有胜正在一心一意地打量着她的身体,她突然想要逃离这个地方,一辈子消失在陈有胜面前,永远删除这段屈辱的记忆。可是她不能,她有使命,这个游戏她已经踏进来了,无力反悔。这时候她脑子里不停地闪现着田逸的笑脸,这使她更加痛苦,她的心已经鲜血淋淋,支离破碎了。

陈有胜看香米哭成这个样子,奇怪地问道,怎么了,不愿意吗?

香米摇头。

那是为什么?嫌钱少了?陈有胜不明白几分钟前香米对他还那么殷勤,主动亲他,现在怎么忽然来了个一百八十度大转弯呢?

香米还是摇头。

陈有胜给香米盖上被子,在屋子里踱来踱去,嘴里叼着一支

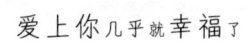

烟,袅袅升起的烟雾使他的脸变得模糊起来。然后他坐在床边,手摸着香米的头。

你,不会是第一次吧?陈有胜的声音竟无比温柔。

香米泪眼婆娑地点了点头。

陈有胜本来就大的眼睛瞪得更大了,声音也提高了八度,不会吧?你怎么不早说呢?你不是谈过男朋友吗?你到底是因为什么和我在一起?

香米不知道他是什么意思,就哽咽着说了家里的情况,说了她已病故的母亲,辛劳的父亲还有年少的弟弟,以及家里欠下的债务。然后她说,她从刚开始就想告诉他的,可是他一直都没有给她机会说。

陈有胜沉默了好长时间,缓缓地吸了一口烟,又慢慢地吐出来,然后说,算了,你走吧,你没做过,什么也不懂,没意思。听过一个笑话么,这年头,从幼儿园里也难找到一个处女,你真是一个稀有动物,世界这么大,他妈的竟让我碰上了。

香米从陈有胜说话的语气里听出来他生气了,心里顿时一凉,他让她走是不是要和她划清界限,从此一刀两断呢?可是自己既然走到这个地步,就已经没有退路了,还矜持什么呢?于是她抬起头来,急切地说,我可以的,我真的很缺钱。说完之后她发现原来自己可以这么厚颜无耻。

陈有胜意味深长地望了香米一眼,把她的衣服扔到她身边,缓缓地说,我不要没有感情基础的身体交易,再说,你什么都不会,我还以为你都懂的。你这个情况,指不定以后给我惹出什么大麻烦,唉,算了,你走吧,你家这么困难,这些钱你都拿去吧。陈有胜还在吸着烟，缕缕烟雾在房间里弥漫起来。

香米愣住了，她心里翻江倒海，五味杂陈。她觉得生活真是跟她开了一个没有意思的玩笑。就像先狠狠地甩了你一个巴掌，然后再把热脸蛋凑过去巴结你。香米想，这是上天给我的惩罚还是奖赏？

你是个好女孩，以后有什么困难就跟我说，我会尽力帮你。耳边传来陈有胜幽幽的声音……

书包里背着陈有胜送的手机和那一摞钱，香米独自走在无边的黑夜里，耳边不停地响着一个声音：你是个好女孩……随着那声音而来的是一张脸，既像田逸那满面笑容的清秀面庞，又像陈有胜那肉嘟嘟的肥脸，两张脸交错着、推挤着来到香米的面前，争先恐后地说，你是个好女孩，你是个好女孩……

在陈有胜他们的圈子里，几乎每个老总身边都有一两个年轻貌美的女大学生。当然，久经风月场的他们从来不会缺少情人，但大多是一时兴起，逢场作戏而已，他们出于对事业或家庭的考虑往往会在一段时间内选择包养这种比较稳定的关系，而对象大多是女大学生。之所以专找她们，是因为她们比社会上的那些女人有知识，有思想，带到酒桌、宴会上会很有面子，而且她们还没有染上风尘，还不谙世事，不会给他们添什么麻烦，一个包一个手机一小把钞票就能把她们哄得团团转。最重要的是她们水灵、单纯，像小绵羊一样娇弱，容易调教，更能讨人喜欢，更能激起深潜在男人心底的保护欲和占有欲。总而言之，女大学生能够被他们轻而易举地驯服得服服帖帖。

通常，包养这种关系，一般都是每个月给一定数量的钱，这没有固定的数目，要看包养者的收入水平和心情，有每月几千的，有

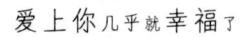

每月上万的,也有每见一次面就当场付钱的。另外,每次见面他们还会送给女生一些小礼物,例如包、手表、衣服等等,这样做既可以体现出一个成熟男人的心细和体贴,能够轻松地俘获女生的芳心,还能培养和巩固彼此的感情。其实这种关系的维系关键还是要看被包养女生的表现,她把男人伺候舒服了,或者是在一些社交场合为男人争了脸,那他也必然不会亏待她。如果双方交往了一段时间发现彼此不合适,或对一方不满意,那就和平地分手,女生卷铺盖走人,从此两人分道扬镳,各不相干,并不妨碍男人继续寻觅下一个目标。女生也可以继续再找一个这样的大款,也可以像从来没有这回事一样恋爱结婚过她的太平日子。

  被包养的女生样貌上一定要过得了关,长得即使不是国色天香,也不能太寒碜,否则别的大款胳膊挽着貌美如花的,自己就上不了台面,显得比别人低了一个档次。当然,他们都很有钱,即使自己并不英俊帅气也肯定不会委屈自己而随便找个女人凑合,所以他们身边从来都不缺漂亮女孩。他们的魔爪更多的是伸向那些出身农村的女大学生,他们比谁都清楚这样一个事实:在这个物欲横流的大城市里,一个农村女孩在这里要面对无数的磨难和诱惑,她们因为自身贫乏的物质条件,一旦遇到陈有胜这样肯花大血本找乐子的老板,就容易把持不住,走上这条道路。当然,也有不缺钱的漂亮女孩,她们情场失意,渴望马上在另一个男人那里排解爱情的苦闷,而这些男人年纪都比她们大,成熟稳重,更知道疼人,能够安抚她们曾经受伤的心灵,同时还会得到相应的金钱,何乐而不为呢。当然,几乎所有选择这条路的女大学生都是奔着"钱"去的。钱不是万能的,但它有时候都能充当人生幸福和满足的催化剂。尤其是不谙世事的学生,容易被它的魔力遮住双眼。

事实上,对于香米,陈有胜确实是感到很震惊的。他以前也包养过好几个女大学生,她们与香米不同,在他面前都很放得开,一副自来熟的样子,刚见面就和他谈价钱,讲条件,主动和他打情骂俏,比他还心急,几乎第一次见面就达成交易的共识了。他是很喜欢她们的青春和活力,从她们身上他能找回年轻的激情和快乐,他就那样陶醉在她们奔放、直接和热烈的感情之中,尽管他知道她们是为了获取他的喜爱以便得到更多的好处而故意做出一副真心爱他的样子,但他想这又有什么关系呢?他们只不过是互相利用,借以取得彼此所需而已。

可是他仍旧感觉少了点东西。他与香米交往之后,发现她与以前遇见的女人都不一样,她很本真和质朴,不懂得世俗社会的人情世故,不像她们那样经常缠着他要这要那,不像她们那样矫揉造作,她身上带着泥土的清香,让他想起了年少时的初恋,这样一来,他就有一种想和她谈一场纯情恋爱的冲动。

在社会上打拼了这么多年,他与形形色色的女人打过交道,把她们的脾性也掌握得差不多了,能通过短暂的交流就知道她们的大体情况,归根结底她们都属于同一种类型,他甚至感到了一种审美疲劳。而香米给他的感觉则不同,尽管她是他包养的女人中最小的一个,但他有点儿猜不透她。她仿佛是一座有待开发的宝藏,里面蕴含着稀世珍宝,他渴望去开采这座宝藏,可是她总是显得很矜持,尤其是她的那双惹人怜爱的眼睛,望着他的时候很不安,很犹疑,由此他明白了,虽然他做足了一系列的准备和铺垫,对她也进行了多次试探,尽管他对她有亲昵之举的时候她没有拒绝,但她

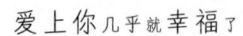

并没有完全向他敞开心扉,她身上还有贫穷这个沉重的包袱拖累着她,使得她对他的索取变成一种单纯的为生存而不得不实施的奉献行为,所以陈有胜很清楚,得到她的身体并不意味着就得到了她的心,那样的话一座只有空壳的宝藏也就没什么意义了,毕竟在他这个年纪,以他现在的身份,他需要的不仅仅是一个年轻女性的身体,而是对方给予他的全身心的爱。如果在他们的关系中仅仅存在利益的交换和肉体的欢愉,那他宁愿就此放手。尤其是当香米蜷缩在大床上哭泣着说她还是处女之身的时候,他更是惊得说不出话来,她的纯洁让他一时不知如何是好。而当她说出了她悲苦的身世的时候,他竟起了无限的怜爱之情。

虽然香米最后朦胧着双眼说她能够接纳他,可是他知道,她只是被情势所逼而已,事实上她的眼泪已经将他拒之千里之外了。一个弱者对一个有权有势的人说"不",是多么需要勇气啊,但是有时候你越是违抗他的意志,越能使得他对你刮目相看。

香米的本真和神秘使得陈有胜做好了打一场持久战的准备,她激起了他的兴致,他觉得香米这样的女孩是无法在这个社会顺利生存下去的,她肯定还会来找他。陈有胜要用以退为进的方式达到的一种居高临下的效果。他只需要静静等待,不能急躁,反正他有的是时间。

香米到学校的时候天已经哗啦啦地下起雨了,飒飒秋雨打在头发上、脸上,混合着她的眼泪流到嘴里,咸咸的,苦苦的。途中她给田逸打了个电话,迷迷糊糊中也不知道说了些什么。看到田逸举着一把雨伞站在校门口等她的时候,香米突然发现,这么大的一个世界,她就连哪怕一把雨伞撑起的空间那么一点儿容身之所也没有。她从来没有奢望过太多,但此时,田逸站在那里, 她心里的冰层轰然倒塌,一片暖流泛滥开来。不管你在外面受到了多大的委屈,但知道有一个人在凄冷的雨夜里等你回家,你还奢求什么呢?

10

自从那次宋一博请翟丽她们宿舍的人吃过饭之后,游小素发现自己的心情和以前相比发生了天翻地覆的变化,她最近总是无端地想起宋一博,想起他说话的时候那么优雅的谈吐和举止,以及他朗诵的那些深情的诗歌,怎么会有那么优美的诗句呢?怎么会有那么饱满的感情呢?那些诗句怎么就能从那样一个人的手中写出来呢?这得有多大的才气和怎样一颗敏感细腻的心啊。想着想着她的小心脏就咚咚地跳了起来,脸也不觉地火辣辣的像烧起来一样了。这是怎么了?怎么一想起他就有一种异样的感觉呢?

最疯狂的事情是她忽然也迷上诗歌了,迫切地渴望和宋一博讨论和交流。有一天她终于克制不住自己心底蠢蠢欲动的想法,向翟丽要了宋一博的电话号码,然后当着翟丽的面在电话里和他聊得不亦乐乎。

游小素说,你把诗歌发给我一些,我妈妈在杂志社认识好多编辑,你写得这么好,让她给你推荐发表肯定不成问题。

宋一博可能还在犹豫,只听游小素又说,哎呀,没事,你只管放心,有我呢。

看来宋一博可能同意了,游小素笑着说,客气什么,咱俩谁跟谁啊,那就这样说定了。

不一会儿游小素从电脑上看到了宋一博发来的诗歌,就深情地读了起来:

当月亮升起来的时候
我是哀伤的
深重的夜色
湮没了
我望向你的目光
那些苍老的时刻
是多么漫长
而你就是
点缀在这幕布下的
小星星
眨着眼睛
一闪一闪地
把我心底的暗
照亮。

游小素俨然一副陶醉的神情,说,写得太美了,我从来没见过这么美的诗句,比那什么著名诗人泰戈尔写得好多了。又接着读了起来:

你指间开出的忧郁
将我一瞬点燃

那明灭的光

烫伤了恒久的忍耐

我甘愿接受蛊惑

在梦魇的旷野里

饮尽一杯愁绪

相思之人

已无处可躲。

啊,多美的诗句!游小素情不自禁地喊了起来,多美啊,假如是为我写的该多好啊。也不知她是故意还是真的沉浸在诗情里,丝毫没有注意翟丽冷若冰霜的脸以及故意把椅子踢倒在地上弄出的声音。

小素,你喜欢,我就把宋一博给你啊,这些诗自然而然也属于你了。翟丽冷笑着,语气凛冽。

你看你,小丽,开什么玩笑呀?我只不过是表达一下我对你家宋一博的欣赏和崇拜而已。你应该为自己男朋友的才华自豪啊!游小素心虚得不行,故作镇静地说。

当宋一博拿着发表在杂志上的诗歌在翟丽面前兴奋得有点得意忘形时,翟丽只是说了俩字:祝贺。宋一博提议和她去庆祝一下,翟丽说,你还是请你的大恩人游小素吧。

我当然会好好谢谢她的,毕竟她帮了我这么大的忙。我总是梦想能够看到自己的文字变成铅字,如今终于实现了,我太高兴了。

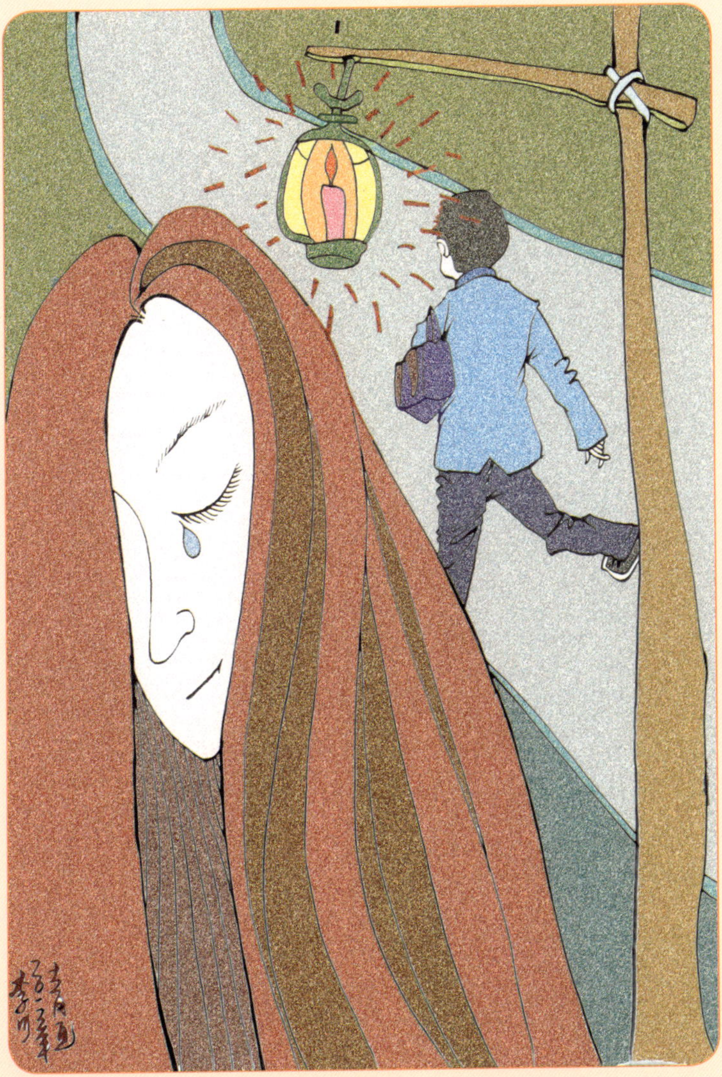

女人总是用假装出来的坚强伪装内心的脆弱和失望,她们深爱的男人却很难读懂这微笑背后的眼泪、强势背后的软弱。

看到宋一博的愿望成真了,翟丽其实也很开心,但是她心里老是觉得别别扭扭的,因为这和游小素扯上了关系,可以说如果不是她,那么这些诗歌就不会发表,宋一博欠着游小素一份人情,翟丽也跟着好像欠了她什么。

反正翟丽心里就是不痛快,她看不惯游小素那副谈起宋一博就花痴得要死的样子。

宋一博仍旧自顾自地说着,游小素建议我出一本诗集,我总共一百多首,在数目上已经够了。

翟丽听到这里,心里更感觉到说不清楚的不安,但她也为宋一博感到很高兴,说,真的吗?这是天大的好事呀。

但是过程很复杂,诗集现在根本没有市场,要是出的话就是自费,而且排版印刷书号什么的,这一套程序下来既费钱又费精力。游小素说她会帮我的。宋一博这么说着,眼睛盯着翟丽。

哦,这么麻烦啊。翟丽回应了一下宋一博的眼神,旋即又垂下来,脸上的失落掩饰不住。

游小素说,她妈妈了解出版这方面的程序,所以我的这些问题也就不是什么问题了。

又是游小素!没有她难道就做不成事情了吗?翟丽心里这么想着,嘴上却说,一博,你能不能以后和小素走得远一点?翟丽以商量的口气说,我觉得,她对你有意思,我怕……

哈哈,你想到哪儿去了,难道不相信我吗?她能和你比吗?她说要帮我,我也不好拒绝人家的好意。再说了,我把给你写的诗做成一本书,算是对我们爱情的纪念,这样不是挺好的吗?

可是,我总觉得有点不对劲,小素为什么要对你那么好呢?翟

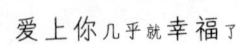

丽一脸疑惑。

这还用问吗？你们在一个宿舍，情同姐妹，她帮我不就是帮你吗？对我好不就是对你好吗？这不都是因为你的面子大吗？

宋一博这连珠炮似的一串反问，堵得翟丽一时无话可说。心想，游小素那么自私的一个娇小姐，从来都是以自我为中心，什么时候无缘无故地替别人着想过？一想到上次她把香米的衣服弄坏那副不但不道歉反而神气十足的样子，她就气不打一处来。想归想，翟丽却没有作声。

相信我，在我心里什么也比不上你重要。宋一博抱了抱翟丽，语气异常坚定地说。翟丽的漂浮不定心才算踏实了一点。

果然，游小素在翟丽面前就像立了大功一般器宇轩昂的，说话声音都飘起来了。可翟丽一张嘴说感谢她，她就又矫情着：能为那么一个优秀的才子贡献出自己微薄的一点力量，我也感到至高的荣幸啊。

翟丽看到她那胖乎乎的身体在宿舍里转来转去，就感觉眼没处望，脚没地儿站，手也不知道该往哪儿放了。她对香米说，我现在也理解你的处境和心情了，有一种被她踩在脚底的感觉，仿佛自己有什么东西被她牢牢地攥在手心里，就这么被她控制着。

香米就和她心照不宣地对视一笑。这笑里，有同病相怜、互相安慰的意味，也有同仇敌忾、一致对外的架势。

11

香米和田逸在一起的时候,心里如同有一只小鹿在溪边饮水,舒心惬意;又如漫天的柳絮迎风飘荡,欢畅喜悦。他们的交流是随意的,轻松的,不论说什么都不会冷场,因为田逸开朗的性格使得他总能找到新的话题,而他们谈论的也是这个年纪的年轻人所共同关注和熟悉的事情。她心中充满了对田逸的无限感激,因为在茫茫世界中,人与人之间的距离似乎越来越远,能与你倾心而谈的有几人呢?能交谈就是一种莫大的温暖和美好。

世事难料,你永远猜不到生活会在哪个阶段给你一份爱。原来,那份温暖的、心之向往的爱情,就像四季更替一样从未犹豫不决,从未耽搁延迟,总会准时静静地来到你身边。

香米意识到自己终于还是爱上了田逸,她爱他的幼稚、自信和傲慢,爱他的小心翼翼、神经亢奋。爱他所有的不成熟与不完美,爱他善良和不够善良的一切,爱他对她的包容和体贴。爱着的感觉真好呀,这才是真正的青春啊,健康、向阳、明媚、赏心悦目。而和陈有胜在一起呢,则是压抑的,不安的,焦躁的,几乎每一秒钟神经都是处于紧张状态,那段时间她随时可能崩溃,但香米不得不强迫自己忍着。

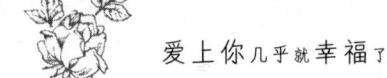

自从上次与陈有胜不欢而散,草草收场之后,他再也没找过香米,既没打过电话,也没发过短信。而以前他们交往的时候,每周都是发两三条短信的,无非是一些让香米看了就脸红心跳的肉麻话,香米都是看后立马就删除了。可是已经两个星期过去了,陈有胜就像在她的世界里消失了一样。香米有时感到恍惚,觉得以前仿佛是一场飘渺而离奇的梦境,过往的一幕幕在她的脑海中影影绰绰地浮现,她的不堪,她的窘态,她的心惊,她的焦灼……那段记忆确实真真切切地经历过吗?

和田逸手牵手的时候,她总是不自觉地想到陈有胜,然后拿他与田逸比较。就比如说手吧,陈有胜的手是厚实的,温暖的,成熟的,它能紧紧地把香米的手覆盖住,所以香米就感觉自己是弱小的,卑微的,她受控于他,像一只失去自由的小鸟一样被关在笼子里逃脱不了。田逸的手则是清瘦的,薄凉的,稚气的,和她自己有着同样的质地,十指相连的时候,香米感到舒心而安稳,就像两个人共同接受春天的邀请,愉快地唱着歌儿大步向前走。

再比如说接吻吧,陈有胜只吻过香米一次,有一回在车上他胖嘟嘟的嘴突然就凑过来含住香米的小嘴,然后用舌头灵活地撬开香米的唇,轻轻地寻觅并吮吸着她的舌头。他的突然袭击香米并没有反感,反而觉得很新鲜,她就那么迎合着陈有胜轻柔而缓慢的吻。而田逸呢,他喜欢亲吻她的眼睛和脸颊,是青涩的,活泼的,欢快的,他的吻不同于陈有胜那般热烈,传达出的是一种单纯的喜欢,而不是占有和欲望。

因此看来,她和田逸始终是平等的,步伐一致,而她和陈有胜则是不平等的,她永远被遮蔽在他的阴影之下,被他围困。这就是她和这两个男人的关系的最大的区别,也是必然和本质的区别。

香米想起陈有胜的手,就会忆起那次在电影院里那双不老实的大手,心底便会涌动出一种异样的情绪,隐隐约约,朦朦胧胧,她说不出具体的感觉,但这绝不是一种坏的感觉,反而因了它的模糊性而让她感到一种神秘和好奇,又催使她渴望重温这种感觉,甚至反复回味,这个时候她就像再次拥有了那种体验一般,精神不知不觉地就游离到很远的地方,只剩下一个空空的躯壳停在这里。她仿佛失去了思考其他事情的能力,眼前就真的伸过来一只手,先是慢慢地摸索、试探、小心翼翼地蠕动,接着就循序渐进地抵达香米潜意识中渴望它抵达的地方,它一下子攥住了它的猎物,那里是水蜜桃,那里是温柔乡,与此同时香米整个人从头到脚都被那只手攥住了,一瞬间的窒息之后,她感到它开始灵活地游走,与它的猎物切磋、交流、亲密接触,随着火候的加大,它开始吞噬、咬啮,与之厮缠,它是自信的、霸道的,驾轻就熟地让它的猎物心甘情愿地归顺于它,以温热和跳动的姿态迎接着它,在它的掌控之中完成了新生。

香米适时地打了个激灵,回过神来,重新审视一下自己所处的环境,就自责起来,真不要脸,这都是什么乱七八糟的,怎么能去想这些龌龊的事情呢。真不该。香米心生疑惑,那只手会是谁的呢?是陈有胜还是田逸呢?她觉得更有可能是陈有胜的,她记得他说过他的手有魔力。她开始迷恋那只手,它把她身体的某个隐秘的地方给悄悄打开了,这么说来,她不仅不厌恶他,反而有点儿想他了。

12

香米接到弟弟电话的时候,正在图书馆复习功课,弟弟在电话里急急火火地说父亲出事了,他在县城的建筑工地上打工,从十多米高的脚手架上掉了下来,摔坏了腿,而且大脑也受了伤,现在昏迷不醒。

香米连夜坐火车赶到县医院,病房外面只有弟弟一个人。几个月没见弟弟了,他又长高了许多,只是更瘦了,站在地上像根细瘦的高粱秆一样,一碰就能歪倒。

医生告诉香米,父亲面临着住院的问题,要交三千块钱的住院费及医药费,幸好香米带着陈有胜上次给的钱。弟弟吃惊地问钱是哪儿来的,香米说是借了同学的。医生说还要进行手术,否则情况很危险,只是手术费不是一笔小数目。香米问是多少,医生说两万。香米连想都没想,说,赶紧准备动手术吧,我肯定能把钱交齐的。

弟弟为难地问,姐,我们去哪儿弄那么多钱啊?

香米说,我会想办法的,你好好地在医院里照看着咱爸,其他的事都别多想。

她去了工地,找到包工头,说明了来意,向他索要赔偿,谁知包工头一脸蛮横地说她父亲是因为自己不小心,脚底踩空了摔下来的,他们的安全措施做得很合标准,所以这不属于工伤范围之内。香米问过几个工人,他们也说他父亲是自己造成的意外,说他那天休息时间外出做了一会儿零工,自己没有休息好,与工地没有任何关系。

她就站在那里大哭了起来,乞求包工头看在他父亲在这里工作了几个月的面子上,多少给一点补助,毕竟事故是在这里发生的,工地怎么能完全没有责任呢?可是包工头却没有再理会她,其他工人也只是同情地望望她,叹口气,接着忙自己的事情去了。

香米看出来了,包工头是无论如何也不会搭理她的,她知道再这么坚持下去也不是办法,只好去了舅舅家。她已经把从他那里借的学费还上了,当时发誓日后一定不会再来他家借钱,可是如今父亲出了意外,她只有这么一个有实力借给她钱的亲戚了。他在镇上开了一家小型纺织厂,生意还不错,舅舅有商业头脑,人脉也广。毕竟香米是他姐姐的女儿,是他的亲外甥女,他能见死不救吗?香米认定舅舅不会那么绝情。

舅舅说,香米你先坐一会儿,歇息歇息,喝口茶,我去跟你舅母商量商量,这可不是个小数目。

她在客厅里等着,过了一会儿就听到舅舅和舅母在卧室里吵了起来,动静越来越大,接着就传出什么东西被摔碎的声音,以及舅母的啜泣声。香米的心一下子提到了嗓子眼儿。

不一会儿舅舅出来了,叹了口气,灰头灰脸地说,香米,最近生意不景气,还欠着外面的一屁股债。你表弟不争气,升重点高中差了几分,花了不少钱。厂里工人的工资还拖着,我这里手头有点紧巴。

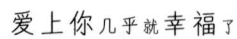

香米极力忍着眼泪,平静地说,舅舅,我可真是走投无路了。您愿意看着我和弟弟成孤儿吗?

舅舅苦笑着说,我不是不帮你,真的是没有那个能力,你说我要是有钱,怎么能不给你呢。你也知道,你舅母的脾气……

香米说,你就眼睁睁看着我爸死在病床上吗?

这是两千块钱,家里就这么点儿钱了,你拿去,你再想想其他的办法。舅舅放在香米面前一叠钱。

香米的眼泪已经流出来了,她孤零零的一个女孩能想到什么办法呢?她想起小时候,舅舅对她可好了,有什么好吃的好玩的都给她留着,还经常把她举起来放在肩膀上。现在,舅舅对待她就像对待一个陌生人。

我又不是不还给你,年底我一定会还上的,舅舅,相信我,真的。香米做着最后的努力。

这……舅舅面露难色,犹豫不决的样子。这时候里屋传来舅母一声突兀的咳嗽声。

舅舅猛地一哆嗦,定了定神,说,香米,真的不骗你,就这点钱了。要不然你回村找找你们村支书试试,看看村里能不能帮上忙。

香米看着舅舅如此坚决的样子,也没什么好说的了,从桌子上拿起那两千块钱就往外走。她现在才看清了亲人之间的冷漠和疏离是多么可怕。今后,这个大门,她是能不踏进来就不踏了。

香米回村子里找了支书郭福海,其实她不想找他的,因为他的名声不是很好。村里很多人都说郭福海爱耍女人,仗着他弟弟在省城政府机关是个不大不小的干部,张狂得很。据说他和村里好几个女人不清不楚。但香米没有时间想这些了,况且自己是小辈,按辈分管他叫叔叔呢。

郭福海说，咱们村小，人口少，又穷，捐款是不可行的了，前几天倒是上边传下来一个文件，分了一个贫困户补助名额，三千块，我正在考虑这事呢。

香米迫不及待地说，郭叔，这不是正好吗，赶上我家出了这么大的事。

郭福海狠劲儿地吸了一口烟，又慢吞吞地吐出来，抖了抖烟灰，对着香米说，你可不能这么想啊，咱村比你家困难的还有好几户呢。就拿村东边老张来说，老光棍一条，无儿无女的一辈子了，吃穿都是靠村里帮忙。还有王小芳，不久前父母刚出了车祸，自己还未成年，跟着一个八十多岁的奶奶过活，他们不都比你家要困难吗？

香米讨好地说，郭叔，救人要救急。我爸正在生死关头上，就等您一句话的事了。

给你也不是不行，其实仔细考察一下的话，你们几家的情况也不相上下。郭福海还在不停地吸着烟，吐出了一圈又一圈的烟雾，香烟的味道充斥了整个房间。

郭叔，这次先给我们家好吗？以后的机会再给他们，我和弟弟已经没妈了，不想再失去我爸……香米的眼泪又落下来了。

香米，你先别哭，咱一切好商量嘛。

郭叔，你就可怜可怜我们吧……

这么着吧，你先回去，我再思量思量，等晚上给你回信儿。

香米抹了一把眼泪，只得回家等消息了。

一直到深夜，郭福海还没有来。香米正等得焦躁不安，突然听到了敲门声,香米急忙跑过去打开了门,没想到郭福海一进来就扑上来抱住了香米,黏黏糊糊的嘴巴朝着香米的脸上拱。香米被吓傻了,反应过来怎么回事之后就开始反抗,可是郭福海正值壮年,身强力壮的,她根本不是他的对手。

她挣脱着说,郭叔,你干什么?!

你说我干什么,我还能干什么!郭福海油腔滑调地说着,威胁着说,困难补助你还想不想要了?

香米用手捶打着郭福海的后背,却被他抱得越来越紧了,香米喊叫起来,喊了几声后就发现这根本就是徒劳的。她家在村子的最后面,离着别人家有一段距离,现在又是三更半夜,所有人都睡着了,她就是喊破嗓子也没人听得到。郭福海看来是有备而来。

只听郭福海说,香米,小宝贝,我想死你了,可把你给盼回来了。一边说着一边撕扯香米的衣服。香米拼死抵抗着,骂道,郭福海你不得好死,你这个丧尽天良的东西,畜生!

她的咒骂只会激发郭福海更大的占有欲,他一使劲儿把香米顺势抱起来,两个人共同跌向已经铺好被子的大炕上。郭福海压在香米身上,嘴里骂骂咧咧的,一件一件地扯掉了她的衣服,香米用手挠他的脸,想用腿把他踢开,却发现她的腿脚已经被他箍得死死的,动弹不得。

香米大叫着救命,嗓子都喊哑了,郭福海已经把自己也脱光了,把脸贴过来,堵住了她的嘴。香米扭动着身子挣扎着,却被郭福海压得没有一点反抗的力气了,随着下身的一阵剧痛,香米慢慢地停止了无谓的挣扎。郭福海也减小了对她压迫的力度。香米全身无力,大脑一片黑暗,完全没有了意识。也不知道过了多久,香米迷迷糊糊中感觉郭福海穿上衣服下炕走了。

她感到全身都痛,艰难地爬起来,在幽暗的灯光下打量自己的身体,胳膊、肚子、大腿都伤痕累累,全是她在反抗的过程中被郭福海抓挠的。她看到胸部到处都是被郭福海抓捏的红印子,微微胀痛着,而下身则是火辣辣的疼。她一转头看见被子上的血迹如一小朵儿一小朵儿的梅花。她被强暴了,她失身了,她纯洁了二十年的身体被玷污了。而玷污她的人,是她从未想到过的人。

这怎么可能呢?她就在一片混混沌沌、毫无知觉中失去了贞操,失去了她生命中看得最重要的东西。一直以来她都是仔仔细细看护着、守卫着,就是陈有胜拿大把的钞票来换也没有让他得逞,现在竟被一个粗鲁而野蛮的乡村男人给糟蹋了!

我要杀了他!这个念头刚冒出来,香米就转念一想,不,我要告,告得他身败名裂,家破人亡,妻离子散。

现在的香米举目无亲,眼泪都没有了。她觉得自己就是一个流浪者,无家可归的流浪者。她不想活了,想了结了自己去找妈妈算了,可怎么能狠下心丢下爸爸和弟弟呢?

这是什么世道啊,她寄居在大城市受到的委屈还不够多吗?家乡难道看着她遭遇的苦难还不够深重吗?她以前每当被一种压迫的生活攫住的时候,就会遥想一下家乡,那里再贫穷,再偏僻,也是她在陌生的城市中感到无所依靠时可以无限遐想的一个温暖的港湾,可是她没有想到她人生中最大的屈辱竟是家乡的男人强暴了她,从某种程度上说这是家乡凭借着她对它的信任和无限的热爱,粗鲁地强暴了她。唯一可以让她放松、休息和疗伤的温暖而安全的港湾变成了一把最锋利的刀子,狠狠地刺痛了她!如果说选

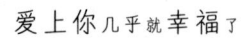

择了到城市里读大学是一个错误,那么留在家乡她就会幸福吗?不,她仍旧生活在最底层,仍旧是最低贱的一个,仍旧是任人欺侮的一个。究竟是什么借着生活这个强大的刽子手一次次地将她踩在脚底、进而对她进行蛮横而无理的践踏和强暴?

其实,那个暗中操纵的幕后凶手又何尝不是生活本身?

第二天早上,香米改变了主意,她不打算告他了,她合计了一夜,把他告上了法庭,顶多判个三年五载的就出来了,出来之后该干啥干啥,而她呢,就大不一样了,名誉全无不说,以后在人前就别指望着再抬起头了,将来也没有人愿意娶她了。更何况,她还要为父亲和弟弟着想,这事儿要是闹得全村的人都知道了,那他们一家三口在村里就永无出头之日了。

她决定忍了。君子报仇,十年不晚,总有一天我要让你得到应有的报应。香米抿着嘴唇咬着牙。

这世上,有些事情,天知,地知,你知,我知。多了一个人知道,就会面临着无法预知的危险。

有些感受,不能同人分享。有些痛苦,无人与你分担。

你终究是要独自一人承担人生路上的风风雨雨。

香米不愿再在村里多待一分钟。诀别,是最好的解脱。她去了一趟医院,父亲已经没有生命危险了,只不过为了保险起见,手术还是要做的,她嘱咐了弟弟几句就匆匆回了学校,她得赶紧筹到足够的钱来支付父亲的手术费。

13

香米实在是想不到更好的办法了，她知道最能够给她经济帮助的人是陈有胜，可是现在她不想去找他，因为她已经失了身，和以前不一样了。她厌恶和她有过身体接触的男人，厌恶男人野蛮而无耻的行径，那是她生命中的一段屈辱而丑陋的记忆，她不愿继续陷入这种痛苦之中去。

无奈之下她想到了辅导员老师，从小到大，她一直觉得老师是世界上最光荣最无私的职业，以前在上小学和中学的时候，遇到困难解决不了，她总会去寻求老师的帮助。所以她相信大学的老师也都是善解人意的，在大学这个小社会里，辅导员无疑是对大学生最关心、最负责的人。

辅导员是个研究生刚毕业没几年的小伙子，虽然之前申请助学金的时候香米已经把关于自己家庭情况的材料上交给辅导员了，可她知道她在大学里太平凡，太普通了，辅导员不可能记得她，所以她现在仍旧向辅导员复述了自己的情况，希望学校能帮帮她。辅导员听了之后思考了一会儿，皱着眉头说，这个事情有点复杂，如果想在学校里办场爱心募捐的话，你要先递交能证明你所说的都属实的材料，我得先到学院里汇报，材料通过之后再提交到学校，由领导批准。

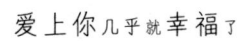

又要交材料？她曾经不是交过了吗？难道辅导员不相信她吗？再说按照这个步骤走下来，得等到何时啊？父亲就在病房里急等着用钱做手术呢！香米克制着焦急不安的心情，用冷静而平缓的语气说，老师难道你不相信我说的吗？

不是不相信，这得按程序来，到时候你的情况要在展板上公示。辅导员回答得轻松而流畅。

证明材料，就是要出示母亲的死亡证明，父亲的住院证明，这些都要到村里办，都要经过郭福海的同意。这不是让香米无路可走吗？她怎么可能再回去找那个混蛋？

公示，就意味着全校好几万人都知道她的家庭状况，知道她过去的一切，知道她的贫穷，她的孤苦，她的可怜，到那时她就更透明了，是一个敞露在大庭广众之下的"公众人物"了，没有任何可以挽回的余地了。这些，不等于要了她的命吗？而且，田逸如果知道了他的女朋友有着这样的一个家庭，会怎么想呢，他会不会因为嫌弃她而断然地离开她？

香米决定最后争取一下。她说，老师，我去找这些材料，会耽误很多时间的，你看能不能通融一下？

辅导员继续在电脑前忙着手头上的事情，仿佛没经过思考一样，说，要是谁有事就让我通融，那我们学校还要规章制度干什么？你尽快去办吧。

辅导员的这几句话硬生生地把她逼到绝路上了，她本来是怀着无限的希望来的，她以为大学是人性化的，但是为什么事情出在她身上，就如同把她往火坑里推了呢？香米想不明白。

她沉默着走出了办公室。听着年轻的辅导员振振有词的理由,她觉得自己来找他就是个错误,天大的错误。

这就是她时时引以为傲的学校吗?这就是她从小梦寐以求的大学吗?这就是那个教她"以人为本,仁爱为先"的大学吗?这就是她在这个城市中最值得信赖和托付的地方吗?为什么她丝毫感觉不到它的博爱和包容呢?

香米去见了田逸,她多想对着他一吐这几天的委屈和心酸,多想把所有的苦水都倒出来让他看,多想把她从女孩蜕变成女人的那种撕心裂肺的疼痛讲述给他听,多想把自己那颗已经冰冷的心掏出来让他捂热,多想从他那里得到人间的真情和爱情的温暖,以及战胜这一切困难的勇气。她静静地凝视着田逸,就像凝视一件精美的艺术品,就这样沉默着,她所有想说的话都凝聚在那两只眼睛里了,都流淌在那忧伤而清澈的一瞥里了,都悬浮在她望向他的那几步远的距离上了。

她突然失语了,想大哭一场,可是没有一滴眼泪掉下来。她感到胸口那里有一座大山正在不断地向外扩张、生长,压得她喘不动气,那些焦虑、忧愁、无奈、自责、仇恨、痛苦都在那座大山底下,拼死反抗着却出不来,只能在那里烂掉。

他们好几天没有联系过了,香米等着田逸先说话,希望他能一眼看出自己的憔悴和虚弱,希望他用他的睿智和幽默带给她一点向上的力量。就算他不说话,那么给她一个结结实实的拥抱也是好的,这时候她太需要他的安抚了,只有他——她唯一真正喜欢着的人能拯救她了,香米静静地等待着,这几秒钟的沉默漫长得没有尽头。

田逸说话了,语气平淡,还含着抱怨,香米你这几天去哪里了,

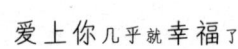

怎么电话也不接呢?

香米张了张嘴,说,回家了。她竟能说出话来了。但是心却凉了半截。

家里有什么事情吗?

我爸病了。

严重吗?

嗯……有一点儿。

这是我刚从图书馆借的书,《新闻报道与写作》和《播音与主持》,很合我的胃口。

嗯。香米对这两本书不感兴趣。

她这才注意到他怀里抱着两本厚厚的书,哪里有还空闲的地方安置她呢?甚至连手都腾不出来。他根本就没有带着要和她拥抱的准备来见她。三四天没见面了,他竟然不想念她,竟然没有和她亲热地打招呼、愉快地说笑,也没有问她为什么关机,更没有问她过得好不好——香米已经不奢求他能一眼看出她的惨境了。而前一阵子他们刚开始在一起的时候,每天见面都给对方一个大大的拥抱,如果有两天没有见面,田逸就会滔滔不绝地对她说好多好多话,汇报他这两天是怎么过的,讲述他经历了什么开心或不开心的事。

他们之间出现什么问题了吗?产生裂痕了吗?他对她怎么像对待一个陌生人一样客气而疏远呢?一定是有什么东西横亘在他们之间,那么到底是什么拉大了他们的距离了呢?香米想,难道是他知道了她和陈有胜交往过?不会啊,她一直隐藏得很隐蔽,这事谁也不知道。那么会是什么原因使得他这么冷漠了呢?会不会是

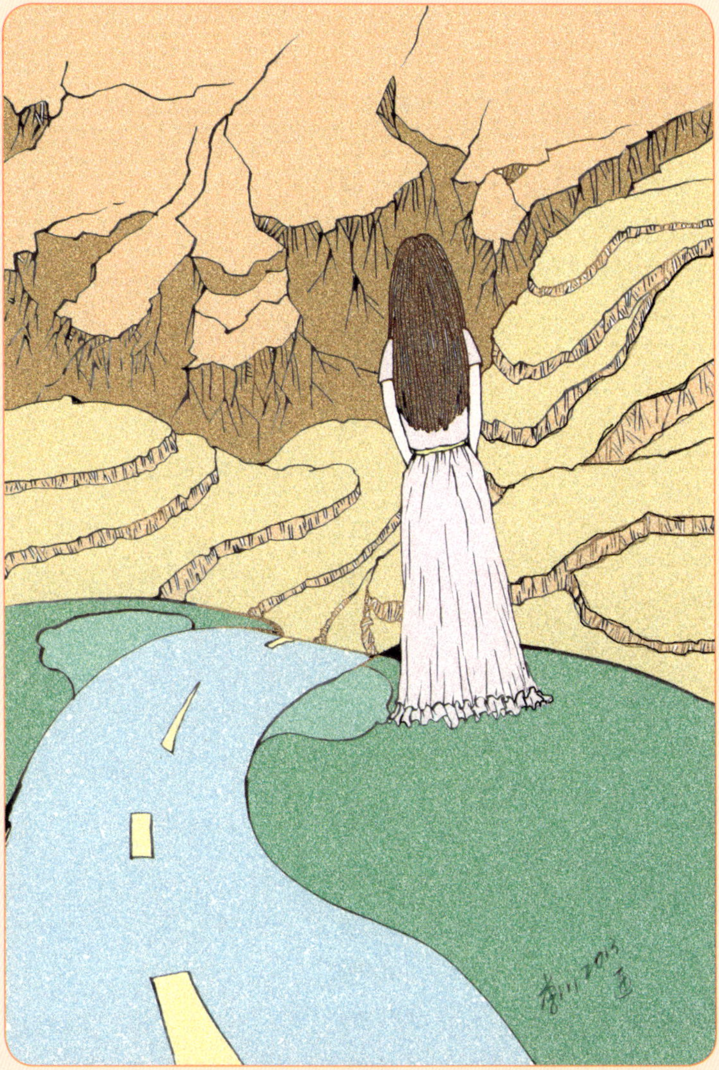

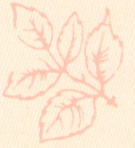

香米知道，有些东西你不能一直坚持，不能总是用死脑筋来考虑一切事情，否则你最终会葬身于那条通往未知的路上。一旦机会来临，选择走一条别样的道路或许也未尝不可。至于生活，永远都充满着无数的可能性。

不喜欢她了？可这是为什么呢？香米又转念一想，不喜欢了就是不喜欢了，这跟喜欢一个人一样，哪有什么原因。

田逸说，香米你先回宿舍安顿一下吧，我回去再研究研究这两本书。

香米愣了。他要去看书了，他要去为了他的播音梦、主持梦打拼，他不愿再和她多待一会儿了。

唉，她连两本书都不如。香米暗想，书可以充实他的头脑，做他的精神食粮，带给他光明的未来，而她呢，她什么也给不了他。实际上她一无所有，连那微弱的爱情她都不知道是真是假。

但她还想做最后的尝试，她决定要说出憋在心里的那句话，能借我一点儿钱吗？

田逸问，借多少？

有多少借多少。香米想了想说。

他先是大吃了一惊，紧接着就抿着嘴笑了笑，说，我只有五百。这两个表情之间毫无过渡，转换得太过仓促，香米看得一清二楚，心里也澄明澄明的。

她也明白，她和田逸之间从来没有金钱方面的纠葛，两个人的感情一旦与钱扯上关系了，再把它扯下来就很难很难。钱这个东西，毕竟太俗了，虽然它在每个人的生活中不可或缺，但是香米就是不愿意把太多世俗的东西放到她与田逸的感情里，她要让它是清澈的，纯洁的，不是用钱可以来衡量的。

可是现在她首先向他提钱了，而且是说有多少要多少，这话听起来多少有点无赖和霸道，但是以她现在的处境顾得上假装委婉假装矜持吗？再说了，她是在发觉他对她不再那么热情的时候向

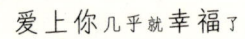

他提钱的,她就是想要看看田逸是怎么处理钱与她之间的关系,她本来以为他会说你要多少,就给你拿多少。结果,她听到了俩字——只有。对,只有。只有五百。多了没有。你想多要,最多也是五百,说不定还要给自己留下必需的生活费,给她二三百。或者——香米不敢想象,他的下一句话可能是,都给你了我就没有了。是的,只有五百,都给你了,我怎么办?香米怕的就是后面这半句话,所以她还没等他说完,就打断了他,说,没关系,不用了,我再找别人借。语气冰冷到了极点。

香米,我……我真的手头也不宽裕,你急着要钱用吗?

废话,不需要能找你借吗。香米心想。但她只是苦笑了一下,无奈地摇了摇头。

你要是急着用的话,我可以……

不用了,不用麻烦你了。香米打断了他的话,任由眼泪在眼眶里打着转,却还是带着笑意。

田逸便沉默着不再说话。

女人总是用假装出来的坚强伪装内心的脆弱和失望,她们深爱的男人却很难读懂这微笑背后的眼泪、强势背后的软弱。

香米望着田逸消失在暮色中的背影笑了,有几滴泪滑到嘴角,于是笑容里满是苦涩的味道。

这人啊,真是奇怪的物种,当时是谁抱着泪光闪闪的她说要和她一起承担她身上的包袱?是谁说她芝麻大小的事情就是他头等的大事?是谁说今后一起携手走那段漫长而曲折的道路……哦,只是说说而已,好听的话谁不会说呢?荷尔蒙翻腾上来的时候,抱抱你,亲亲你,说几句甜言蜜语,就花前月下、一表衷情了,然后再许一生天长地久；你遇到麻烦的时候,嘴皮子也不灵光了,曾经蘸满浓情蜜意的笑容也僵硬了,用各种各样的理由为自己不能帮到你而找托辞搪塞着。就算他真的手头不宽裕,难道他看不出来她脸色差了许多吗？看不出她忍受着多大的痛苦吗？他就不会安慰一下她,对她说几句暖心的话吗？

说到底,田逸是没把她当回事儿,没有把她摆放在生命中最重要的位置。是啊,在这个世界上,没有几个人是真把你的伤口当成自己的痛处的。如果真的有那么一个值得你倾诉不幸的人,那么你面对着他不需要说一句话,他也能从你的眸子里感受到。能够让你不用哭着说出伤痛的人,都是不需要说的人。这一生,陪着我们一同欢喜的人有许许多多,陪着哭的仅一个就好。

香米的心凉透了。她本以为爱情可以医治好她身心所遭受的巨大创伤,至少可以带给她稍许的温暖,让她继续相信人世间的善终究是多于恶的,可是她一回来便遭遇着一串串出人意料的打击,真是应了"屋漏偏逢连夜雨"那句诗啊。罢了罢了,与田逸就到此为止吧。

看着周围人潮涌动,他们朝气蓬勃,一副副有说有笑的样子,香米觉得自己完全被这个世界排斥掉了,她孤独地与这个世界遥遥对望。

香米想过找翟丽帮忙,可她知道翟丽的家庭条件也一般,就算借给她,距离两万也遥遥无期。对齐莹莹和游小素,香米是肯定开不了口的,就算厚着脸皮、低声下气地去求她们,而她们与她也不过仅仅是舍友关系,凭什么借给她那么多的钱？

她于绝望之中又想到了陈有胜,记起了曾经他对她多次说过的话:以后有什么困难就告诉我,我会尽力帮的。香米知道去找他就意味着默许了和他继续保持情人的关系,可是她不想做肉体交易,因为她已经在这个问题上受到伤害了。每当想起那个疼痛的夜晚,她就会陷入极度的恐慌和耻辱之中,她不想继续在还未愈合的伤口上撒盐。

可是,自己的这些痛苦比起父亲的生命来又算得了什么?父亲辛劳了一辈子还没来得及过一天的好日子,她能眼睁睁地看着父亲离她远去吗?那样她会悔恨终生,一辈子活在悔恨之中。

14

　　有时候，你一次次地被那些你深深信任的人所伤害，只不过是因为，生活要告诉你，你唯一应该相信的人是你自己。

　　香米最后决定了，她要去找陈有胜，她只能孤注一掷。她知道，她之所以这么顽强地挣扎着却仍旧没有得到一丝安慰，是因为对他人的需求太多，而她的这些需求回馈给她的只有伤害。所以她若是选择继续活下去，早晚要迈出这一步，而这一步，她只要迈出去了，不管结果如何，她今后将只有眼前路，没有身后事。

　　她要带着她的身体去找他，然后亲自交付于他，供他审阅。其实认真想一想，陈有胜不算是坏人，对她一直非常体贴和关怀，他们表面上是情人关系，他包养了她，但是他并没有乘人之危，而是照样给了她很多钱。他温文儒雅，心思细腻，甚至还有一种书生气，对她所做的一切也只是一个男人对女人本能的做法，所以他还是一个有道德的人。香米这时候想起来的，全是陈有胜的好。

　　当然，此时香米觉得他好的最主要原因是他有钱。那才是香米的终极目标，而陈有胜似乎还试图培养他们之间的感情，进而摩擦出爱情的火花。这对香米来说是何其困难啊！

　　她强迫自己从记忆中抹掉被郭福海强暴的那一晚，贾宝玉不是说了吗：凡是女孩都是清爽的，凡是女人都是污浊的。她已经是

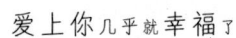

污浊的了,可她不愿意把自己当成一个女人,她还想继续做一个纯洁无瑕的女孩,她不愿意承认那痛苦的一晚是她的第一次,她不允许她的生命中有那么不光彩的一道疤痕,她不甘心她的初夜就这么平白无故、毫无意义地牺牲掉。有什么比画家手里的白纸更完美的呢?这样想着,她便真的贞洁如初了,是的,她就是要带着她的贞洁去找陈有胜。而且是必须。

香米从小接受的传统教育以及生活的环境使得她对肉欲有着某种天然的禁忌,她被灌输的观念是女人的身体是看不得、摸不得的,在过去的这些年里她除了洗澡的时候匆匆打量一下自己的身体,从来没有刻意地去注意过。她的心里仿佛有一座大佛在镇压着她的欲望和邪念。可是自从认识陈有胜之后,她感到内心深处有一粒种子在蠢蠢欲动,时不时地抓挠着她的心。

在这个寂静的夜晚,她抚摸了自己。她想在把自己当做礼物送给陈有胜的前一天夜里,了解和熟悉一下自己,就像小时候做试卷,老师总是告诫同学们仔细检查一遍再上交,试卷上交之后想要再修改就晚了。现在她就有这样的感觉,她要趁着自己的身体还只是专属于自己的时候通通检查一遍,头发,脖颈,胸脯,腹部,手臂,腿,脚趾……这些部位虽然长在她的身上,可是对她来说多么陌生啊。此时她才真正地知道了原来是这样一些零散的东西构成了一个完整的她啊。完全认识了自己之后,她也就能够大义凛然地去完成她的使命,赴那一场生命中隆重的盛宴了。

香米给陈有胜打电话,陈有胜还是上次告别之后的态度,从容淡定地说了一家宾馆的名字。

与陈有胜挨着坐在宾馆的床沿上的时候,香米知道上次扫了他的兴,心里就有点儿过意不去,他虽然表面上不计较,但心里一定是不痛快的。

她说,陈哥,这么长时间没见你,想你了。虽然这话不露骨,不热烈,但这种温和的腔调刚好适合他们这种好多天没见面的所谓"情人"。

呵呵,是吗。陈有胜总算有点儿高兴了,眯起眼睛说,怎么个想法?

心里很想嘛。说完后她觉得自己真是虚伪得可爱,又发现这话有点暗示的意思在里面,不过她已经决定豁出去了,还有什么可顾忌的呢。

哦?心里?还有哪里想我啊?陈有胜饶有兴趣地望着她。陈有胜毕竟在社会上摸爬滚打了这么多年,他轻而易举地就挖掘出了香米话里的深层含义。他就像陪着她玩老鹰捉小鸡的游戏,她在前面跑,他就在后面不紧不慢地追,而不是直接去捉它,以免惊扰了它,直到小鸡累了,倦了,跑不动了,他再趁势出击,那时的效果远比硬来要好得多。

他就这么顺着她的话假装糊涂地层层推进着。这就像下棋,前一个人走了一步,后一个人也紧跟上。香米知道她不能出错,她要跟得自然,跟得不经意,跟得像那么回事儿。

全身上下都想嘛。瞧瞧,香米跟得多天衣无缝,多么有挑逗的意味,多么有迫不及待进入主题的征兆。她不就是来做婊子的么,去他妈的自尊和清高吧。

为什么想我啊?陈有胜轻轻地笑了一下。

他不会怀疑我打他的钱的主意吧?香米陡然一惊。

陈哥对我的好,我一直都记在心里,这几天也想明白好多问题。陈哥你是好人,我要是再不知好歹,辜负了陈哥的好,我还算是个人吗。香米说得很动情,几乎把自己都感动了,眼睛一热,有泪珠在眼眶里打转。

陈有胜看着香米那双水汪汪的眼睛,问,是不是受什么委屈了?语气和神情满是关切的探寻。香米从来没见到陈有胜这样关心过她,心里一动,眼泪怎么也止不住地往下流。她就低下头去。这时陈有胜伸过来一只手臂,搭在香米肩膀上,把她顺势揽到怀里。接着他的唇就落在香米脸上不断地游走着,吮吸着她的眼泪。香米顺从地闭上了眼睛。

不得不说,陈有胜不仅是成功的事业男人,还是情场高手,他深谙怎样击溃女人的一道道生理和心理防线。

香米任由他吻着,从头发到脚趾一路畅通无阻,陈有胜圆润饱满的唇柔软而性感,吻到哪里,香米的肌肤就感到一阵酥麻,尤其是吻到耳垂时,香米就像飘到了空中一般,仿佛没了知觉。他的双手抚摸着她的乳房,对于他的手所具有的魔力香米早已经见识过了,接着他的吻从耳下、脖子一直抵达此处,香米心尖一阵颤动,顿时感到全身像被电击了一般,那种感觉是舒服和美妙的,她不禁发出了呻吟声,她感觉像是漂浮在海面上,潮水一浪一浪地扑打过来,她就这么漫无目的地漂着……

她是那么享受他的吻和他的抚摸,她空置了二十年的身体被他盈满了,她沉寂了二十年的身体被陈有胜唤醒了。那一刻她想,世间竟有这样神奇的事啊,如果这就是堕落,那就让我尽情地堕落吧,哪怕下地狱,又有什么关系呢。

陈有胜太了解女人了，他非常清楚哪里是能撩拨起女人情欲的敏感区。香米仿佛就要燃烧起来了，身体不断地颠簸着。陈有胜是在香米无限陶醉中攻下她的最后一道防线的，其实香米的那片汁水充盈的芳草地早已恭候多时了，只待她的"君王"去征服和占有。

陈有胜由缓到急、由浅到深地动作着，香米腾云驾雾飘到了天上，她的眼前出现了很多画面，她看到了家乡暮色中的炊烟，一群大雁从天空倏忽而过，她闻到了青草甜甜的香味，杨花在她周围随风起舞，她听到了很多种声音，有门前小河流水的哗哗声，树枝鸟雀叽叽喳喳的歌唱声，山坡上羊群咩咩的欢呼声，还有海浪冲击着岸边的唰唰声……无数种感受交织着她，包围着她，甚至有一瞬她看到了田逸清秀的脸庞在她面前晃了一下，马上就没影了，她来不及多想就被另一个画面掩埋。

她从来没有体验过这种感受，这是怎么了？我怎么会这样？原来这就是做爱呀，为什么不早一点呢？为什么长这么大到现在才体验到呢？从前丧失了多少美妙的时刻呀。

香米听到陈有胜呼出了满意而舒心的一口气。她觉得与他肌肤相贴特别踏实，相比而来郭福海就是一只饥饿的疯狗。她原先以为还会像那一晚那样疼痛，所以她来的时候担惊受怕了一路，没想到陈有胜给了她无限的体贴和温柔。香米突然喜欢上了他身上散发出的男人的味道，她发现自己已经不像前几次见面时那么讨厌他了，要不然她怎会把身体这么自自然然地打开了呢？在她眼里，他滚圆的肚子，肉嘟嘟的脸庞，也是美的，美得那么淳朴，那么温厚，那么结实。

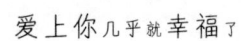

香米这才发现,其实她内心深处很早就有一种被男人征服的欲望,只是迫于生活的重压,以及她背负的道德盾牌使得她不敢、不能、不愿表现出来,她渴望一个如骑士般英勇大胆的男人,帮她冲破内心的重重阻碍,尽情地给她播撒阳光和雨露。此时此刻,她深潜在心底的欲望被陈有胜彻底勾起来了,她突然爱上了躺在身边的这个男人,迷恋上了他带给她的那些新奇的感觉。

陈有胜再次从上到下抚摸着她的身体,忽然,他发觉手上有血,就起身查看情况,发现了香米身下的红——这是香米例假的最后一天。

陈有胜惊呆了,像想起了什么似的,一时愣在了那里。很显然他想起了上一次未果的欢爱。他望着香米,爱怜地问,疼吗?

香米眨巴着大眼睛,做出一副委屈的样子。

陈有胜说,宝贝儿,我的心肝儿,今后你就是我最珍贵的宝贝,你是我一手调教出来的,今后多陪陪我,你想要什么我就给你什么。

香米从书里看到过,对一个男人而言,占有一个女人的第一次往往比占有这个女人的一生更重要。

香米在心里默默地笑了,她的目的达到了。她这次和自己打了一个赌,并且,这个赌,她赢了,这一仗,她也算打赢了——她说过她要带着她的贞洁来找他。

由于专业的原因,香米也多多少少走马观花式地看了一些心理学方面的书籍,比如弗洛伊德的《梦的解析》、西蒙·波伏娃的《第二性》等西方现代作家的作品。在阅读的时候,她通常把自己置身事外,像个局外人一样观看世间万物生生灭灭的过程,但她一直在象牙塔里不求甚解,从来没有将理论联系到具体的实践,也从来没把自己当做自然界中的一个个体来放入其中对号入座、深入探究,然而一旦原生态的生活本真呈现在她面前的时候,她还是能够从阅读经验中找到其中的相似性,并隐隐约约看到了两者之间的密切联系,它们既是重合,也是互补。香米到底是聪颖的,只要有人稍微一点拨,蕴藏在她身体内部的巨大能量就会释放出来,而且可能会释放出璀璨的光芒。

这么说来,香米在一定程度上是知晓男人的心理的,她抓准了这个大好时机,上演了一出自己没有预料到却深感惊喜的好戏,并适时地向陈有胜说了她父亲还在住院的事情,说了不近人情的工地包工头,态度冷漠的舅舅,不通情理的辅导员……香米也奇怪,自己在陈有胜面前,为什么就能够做到坦坦荡荡地袒露一切,而在田逸面前,自己连一个字都不愿意多说。

陈有胜仔细地听着,仿佛被她打动了一般,盯着她说,多好的女孩啊,世上少有你这么孝顺的了。别的女孩都在逍遥自在地享受生活,而你却为了生存承受着这么大的磨难,我有什么理由不好好疼你呢。

香米也不由得佩服自己了,她耍的这一点小心机多妙啊。刚见面就说想你了,从情感入手,而不是诉苦和乞求,先打消你心里还存有的顾虑,表示一切都是她自愿的,并不是你的逼迫。这么长时间以来,香米觉出了他要的不是强拧的瓜,而是两厢情愿。通常来说,男人评判一个女人爱不爱自己,标准就是她肯不肯献身。既然这样,那她就遂你的意让自己的价值发挥到最大值。所以,当一切结束后再让你看到她为你做出的牺牲,使你震惊,随后自然而然地倾吐苦衷,这时你不得不对眼前的女孩刮目相看,让你怜惜,让你感慨,这是一个多么与众不同的女孩啊。

香米这下可算是名副其实地被包养了,她回味着刚刚发生不久的一幕幕情景,心里百感交集。这一关终究是闯过来了,她觉得自己就像做了一件惊天地泣鬼神的大事一样。然而一种莫大的虚空和无助突然攫住了她的身心,她像是掉到了一个黑暗而又陡峭的悬崖,即将坠落跌得粉身碎骨,可是她想得救,拼命地呼喊着,试图抓住任何一个东西,却什么也抓不到。她低沉到了极点,反复自责自己怎么能迈出那一步呢,她对得起父母从小对她的教育吗?她还有脸面对曾经一尘不染的自己吗?

原来的那个单纯、优秀、信念坚定的香米已经死在这个阳光明媚的日子里了,取而代之的是堕落、妥协、屈从的香米。她不得不接受已经发生的事实,她已经踏上了一条不归路,如果想要逃跑,那么只会深陷在黑暗的泥淖中,拔不出腿脚。她不想被动地生活了,人没有必要总是对自己耿耿于怀,这样对自己又有什么好处呢。

香米得到了远远多于父亲所需手术费的报酬,这桩"生意"总算是顺利完成了。对于这个结果她还是比较满意的,她虽然不相信有付出就会有回报这个道理,但她相信物品的彼此交换有其必然的价值。或许这就像生意场上的双赢,注重讲究策略而不是盲目地硬闯。

有时候香米回过头去想,很多时候她都以为自己快要撑不下去了,觉得再向前走一步就是万丈深渊,可是忍着熬着也就自然而然地过来了,并没有想象中的那么凄惨。所以那些曾经试图击溃你而未能如愿的东西最终会给予你救赎,甚至让你的内心变得更加强大。

她在心里默默地说,香米,从现在开始看,你就是一块石头,百毒不侵,坚不可摧。

15

香米的包养生活顺利地进入正轨，她的身体像是一块饥渴多年的土地，渴望着雨水的灌溉，她越来越享受这种安逸的日子。

陈有胜和香米手拉着手悠闲地走在大街上，香米觉得此时他们跟别的情侣没什么两样，可是走着走着就觉得别扭，有点心神不定。她突然感觉自己与陈有胜这种见不得人的关系完完全全地暴露在了所有人面前，越发觉得有无数双眼睛朝她直直地刺来，被看得清清楚楚。她又担心万一突然某个同学出现在他们面前，那该怎么办呢？有时候走着走着，这种担忧就来了，然后就是一股凉气从后背渗出来。她于是悄悄地四处打量，发现没有人注意她和陈有胜，才会放心。

香米想，她与田逸一起逛街的时候，从来都没有这样担惊受怕过，那时候她巴不得所有人把目光都聚集到他们身上呢，俊男靓女，多般配啊，羡慕死那些路人才好。想到田逸，香米鼻子酸酸的。

经过一家商场门口的时候，摆在二楼橱窗里的一些毛绒玩具吸引了香米的目光，她心里有一个地方莫名地动了一下。现在像她们这么大的女孩都兴这个，在高中的时候，宿舍里就有一个同学的床上摆着一个抱抱熊，之前香米从来都没见过，更不知道这东西不仅平时可以用来玩，晚上还能抱着睡觉。有一次她趁同学出去了,悄悄地走过去用手摸了摸,真柔软啊,真讨人喜欢啊,她不用试就可以想象出来抱着它睡觉比抱着被子舒服多了。在大学里它们就更普遍了,几乎成为了一种爱情的象征。好多女生抱着男朋友送的毛绒玩具乐滋滋地回宿舍,香米从来只有眼馋的份儿。齐莹莹就有好几个,都是她以前的男朋友送的,床上搁不下就塞到了衣柜里,就连翟丽前不久也收到宋一博送的一个阿狸公仔,高兴得抱起来就舍不得放下了。而游小素更不用说,虽说没有男朋友送,但大一刚入学时她就从家里带来了。每当看到她们的床上都那么生动有趣,而自己床上空旷旷的,她心里就有些难过。

香米突然产生了一种冲动,她的少女情怀涌上心头,她迫切地渴望拥有一个毛绒玩具。虽然价格并不贵,她自己能够买得起,但她觉得这不是钱的事,它必须是男朋友送的才有意义和价值。此时此刻,在这个世界上扮演她男朋友的人除了陈有胜还能是谁呢?可她不想自己提出来,她希望陈有胜主动买给她。

见香米站着不动,陈有胜顺着她的目光抬起了头,他又瞥了一眼香米,看到她眼睛里闪着亮亮的光,顿时明白了香米的心思。他一边拉着香米朝商场里面走,一边说,我们进去看看,你喜欢什么,就买什么。

进了商场,陈有胜什么也没说,拉着香米就直奔二楼。香米心里暖暖的,一路尾随着他。

陈有胜望着眼前琳琅满目的毛绒玩具,问香米,喜欢哪个?

最边上靠近角落的那个白色的泰迪熊最先进入香米的眼球,它傻傻的脑袋稍微歪着,好像在微笑,两只前爪举在半空中,仿佛在向她招手示意,对她说:主人,主人,快买走我吧。

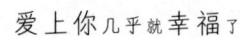

香米抬起手臂朝它指了指。

陈有胜对身边的服务员说，就要这个。

服务员却满怀歉意地说，对不起先生，这件商品出现了一点问题，我们还没来得及与厂家调换，您再看看其他的好吗？

陈有胜问，这不好好的吗？有什么问题？

服务员说，这是我们这里质量非常好的一个品牌，但是因为厂家的一时疏忽，忘记给它佩戴蝴蝶结了，所以我们不能把它卖给顾客。

香米这才发现这个泰迪熊确实胸前少了一个蝴蝶结，与周围其他泰迪熊有点格格不入。她不知怎么对它油然而生出一种感情，它的两只眼睛黑亮黑亮的，一眼看到了她心底，她仿佛听见它对她说，带我走吧，带我离开这个地方。

香米看着它，发现它像极了自己，那哀怨的眼神，期盼的表情。更令香米感到相像的是，它没有蝴蝶结，它的心脏上方缺失了一部分，它不完整——多么像香米啊，丧失了身体上至关重要的一些东西。香米看着它，就像看着另一个自己，不禁可怜起它来了，心里一阵委屈涌上来。她要定它了。

陈有胜说，香米，这一个我们不要了，你再从另外这些里面挑一挑。

我就想要这个。香米抱起白色的泰迪熊，斩钉截铁地说。这是香米第一次这么理直气壮地对陈有胜说她想要某个东西，她自己都感到诧异了，但她决定要蛮横一回。

没等陈有胜开口，服务员就说，如果您实在喜欢这一款，我们现在就与厂家联系调货，明天您再来买行吗？

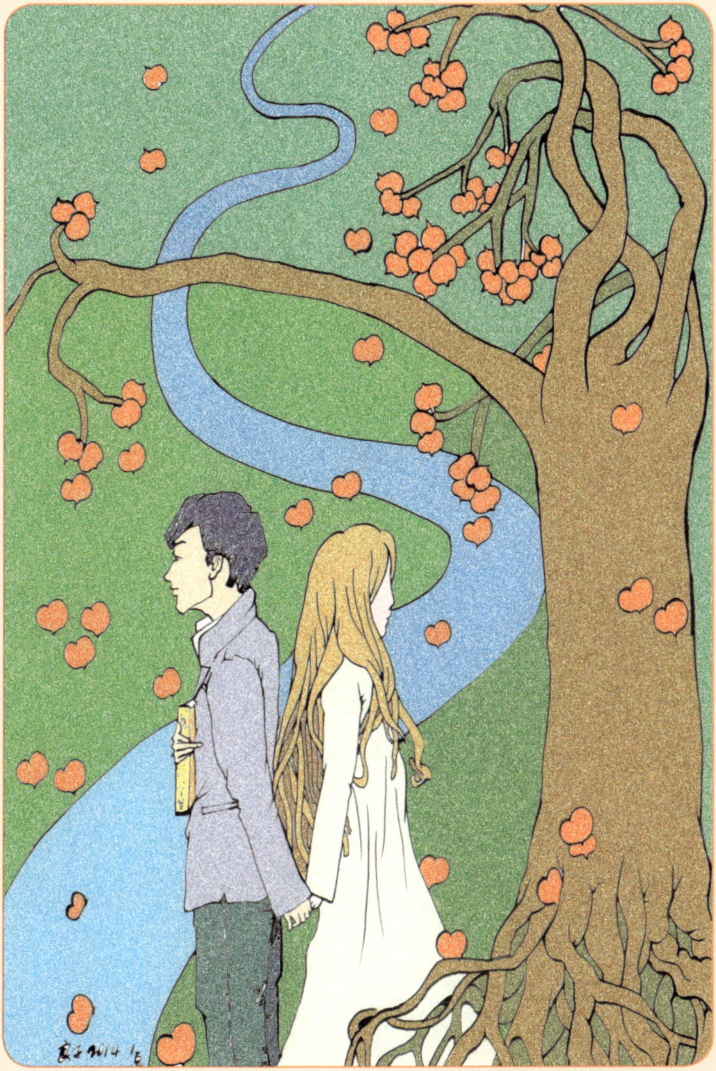

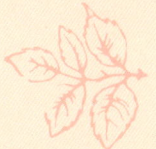

他们两个人的姿势几乎没有改变,就像两个虔诚的士兵誓死捍卫着最后一座城池,又像天地之间两根无所依托的浮萍找到了彼此的依靠,就那样互相依傍着,心无旁骛地坚守着那不可多得的一丁点儿爱情的火花。

泰迪熊的眼睛里放出的光芒再次向香米的心脏逼近,毫无疑问,它在忧伤地乞求她!她不能把它扔在这里不管!她抬起头看着陈有胜,没忍住,眼泪"哗"地就下来了,她带着哭腔说,陈哥,我就想要这个。她当着服务员的面朝陈有胜撒了娇。

陈有胜赶紧走到她身边,为她擦掉眼泪,心疼地说,好好好,你别哭,只要你喜欢,那就买这个。

服务员已经把经理找来了,经理说,这样吧,本来我们今天也是搞活动,这件商品就优惠卖给你们吧,原价四百,你们给我一百就行了。

香米看着眼前的泰迪熊,发现它在朝她眨眼睛,香米心里顿时舒畅了。

这个好看吗?陈有胜突然指着一个棕色的泰迪熊问她。她茫然地点了点头,陈有胜便对经理说,这一个我也要了。

香米迷糊了,陈有胜怎么还要买一个呢?是买给谁呢?难道是顺便买了拿回家送给她老婆?一个中年妇女还喜欢这种小玩意儿?就算陈有胜作为一个有家室的男人,但他就不考虑一下香米的感受吗?当着情人的面,心里还惦记着家里人?何况,让商场的经理和服务员怎么看?一下子买两个泰迪熊,这不明摆着向别人说,香米就是他的一个情人吗?

她看见陈有胜付了六百元钱,知道了另一个泰迪熊不仅比她的体型大,而且还贵好几倍,心里就火辣辣地疼着,倒不是因为她的这个便宜而不完整,而是她接受不了他在她面前还想着其他女人的事实。在感情的世界里,她也不过是一个自私的小女人,她也想要一份独一无二的爱,尽管陈有胜有老婆,甚至有很多情人,但

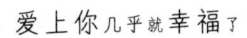

毕竟她眼不见心不烦。她突然明白了，她这是嫉妒了，吃醋了。虽然她在理智上并不承认她真正爱上了陈有胜，可她因为他而心痛了，这不正表明着她在乎他，喜欢他，只想让他成为自己一个人的吗？

在车上，香米紧紧地抱着那个白色的泰迪熊，一副落落寡合的样子，两个人都心照不宣地沉默着。

下了车，香米对陈有胜只说了句"我回去了"就要朝前走，陈有胜在后面喊住她，从车上拿下来那个棕色的泰迪熊，递到她手上，说，这个你也拿着。

看着一脸迷惑的香米，陈有胜猜到了她要问什么。他笑着对她说，宝贝儿，想什么呐？这两个都是送给你的，这两个，像不像一对儿？我不在你身边的时候，这个棕色的大熊就是我的化身，代替我陪着你，免得你孤单。

香米睁大着眼睛听着，不禁哽咽了起来，嘴角扯了扯，却说不出一个字。

陈有胜接着说，宝贝儿，你真是个善良的孩子，看到这个可怜的小熊没蝴蝶结就舍不得它了，在我心里，你就像它一样令人心疼啊，需要我来照顾你，保护你……

香米再也克制不住自己的感情了，她的眼泪如泉涌般汩汩流出，她哭不出声来，只是沉默地流着泪。她想抱住陈有胜，想把这一刻的感激和幸福表达给他看，可是她仿佛没了力气一样，脚如磐石般纹丝不动地站在那里挪不动一步。

陈有胜拍拍香米的肩说，宝贝儿，我先走了。听陈哥的话，开心点，想我了就给我打电话。

目送陈有胜驶出自己的视线,香米低头看了看这两个分别半人多高的泰迪熊,它们也盯着她看。她发现这个棕色的泰迪熊正咧着嘴朝她哈哈大笑,好像在逗她开心,那胖胖的脸庞多像陈有胜啊。香米一下子就破涕为笑了,再看看旁边这个白色的,它正抿着嘴笑呢,一副羞答答的样子。香米看看这个,再瞧瞧那个,突然发现,它们就像两个有生命有体温的人,竟然这么般配,俨然一对恋人。

16

齐莹莹和林安交往了不到一个月就分手了,一个区区的体育生怎么能长时间地占据齐莹莹的心呢?这早就在游小素的预料之中,所以她显得比谁都开心,刚听到这个消息就激动得手舞足蹈,我就说嘛,林安绝对靠不住,一没人品,二没素质,莹莹你这么优秀再怎么着也不需要病急乱投医啊。

齐莹莹像什么也没发生过一样平静,一副无所谓的样子,她说,我不在乎的,不多经历点男人怎么知道谁适合你呢?这对我又没有什么损失。

游小素叹了一口气,说,你呀,我看是麻木了。

我才精神着呢,既阳光向上又充满青春活力,只要看到长得帅的男生我就想跟他们搭讪,谁让他们外表那么迷人呢?不过我越来越发现,男人的才华和容貌是不可兼得的,这是一大遗憾啊。

这话不对,你说的那都是平庸之辈,特例还是有的呀!像宋一博,他不是样样优秀让人挑不出毛病么?游小素突然就提到了宋一博,而且提得理直气壮的。

齐莹莹说,你小声一点,让翟丽听到了还不活剥了你的皮。宋一博确实很优秀,但我感觉他还缺少一点男人的霸气,整天诗啊文啊软绵绵的,男人是干大事业的,要多走出去到广阔的世界里看看嘛。

你懂什么呀,男人只有在外面闯荡才能干大事业吗?宋一博的诗歌就是他的世界,就是他伟大的事业。游小素激动地辩白着,她不容许别人对她崇拜的偶像有一丁点儿非议。

你,是不是喜欢上他了?齐莹莹凑过去若有深意地笑着问。

游小素心虚了,目光躲闪了起来,声音也极不自然,说,莹莹你不要胡说,我只不过觉得他挺有才华的,而且做事情那么浪漫,我夸他几句而已,再说我才不愿意和翟丽抢呢。

齐莹莹露出狡黠的笑容,说,这有什么呀,如今这个时代,女人要大胆追求自己的所爱,只要是你喜欢上了,还顾虑什么啊!大不了再分呗,别说男人已经有了女朋友,就是娶了老婆的,你照样可以去追求!不是有句话说得好么,谁笑到最后谁就是赢家。

我还没开放到你说的那个程度,才不找娶了老婆的呢。当小三呀,等于自己甩自己耳光,以后还怎么见人啊,我还没那么贱。游小素撇着嘴说。

这跟贱不贱没有什么关系,每个人都是独立的个体,郎有情,妾有意,还有什么东西能阻挡得了你们的干柴烈火?小素,亏你还见多识广的,这么保守难怪找不到男朋友。女人虽然外表显得柔弱一些,可是正因为这样,就要活得精彩一点,心里要狠一点,勇敢一点,不然不就白活了吗?

齐莹莹说话经常这么尖锐直接,这话不仅把游小素说得一愣一愣的,在旁边故作镇静看书的香米也听得心惊肉跳。她有点儿心虚,想到了自己和陈有胜的关系。

反正,我游小素再差劲,也不会沦落到和别人争有妇之夫的地

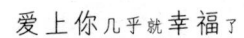

步。游小素摇了摇头。

这不是差劲不差劲的问题,每个人的爱情观念不同,没有好坏之分。你看看我们学校门口有些女生,经常有宝马奔驰来车接车送,那些个男人啊,老得我都想喊他们爷爷了,可是人家小女生就喜欢这样的啊,这叫什么,对,恋父情结?大叔控?让我看是恋爷爷情结、爷爷控吧。齐莹莹说着就笑了起来。

香米的心都提到嗓子眼里了,她心想齐莹莹在学校门口不会看到过她吧。好在齐莹莹只是自顾自说着,根本没有看香米一眼。

游小素说,那些女生,我见了就觉得讨厌,世界上难道没有其他好男人了吗,偏找那样的作践自己。

齐莹莹叹了口气,说,小素,你还是没把思想顺过来,人家呀,就和"周瑜打黄盖,一个愿打一个愿挨"同样的道理。有一次,我看到一个男人刚从车上下来,一个很漂亮很高挑的女生,就飞快地迎上去,那男人又矮又丑,只到那女生的脖子处那么高,那女生就弓着身子和他又是亲又是抱的,超短裙都露出屁股了,从旁边经过的人都停住看他们,比看耍猴还过瘾呢。好多人急忙拿出手机拍照,这画面可以微博刷屏呢,可再看看人家那一对,不紧不慢的该干啥干啥,谁爱看就看呗。

天啊,太疯狂了,我的世界观快被颠覆了,是我太老土了吗?哪天我也到学校门口看看去。游小素捂着嘴巴惊讶地说。

所以说呀,这都什么年代了,你只要不做违法的事,想干什么就干什么,想和谁谈恋爱就和谁谈恋爱,别人谁也管不着,要是什么都在乎外界的看法,那还不得累死。齐莹莹若无其事地说。

这话说的倒是,大学生除了每周上几节课,闲着的时间多无聊啊,找点刺激的事情做做也很好,但是话说回来,那种女生我还是看不惯。游小素仍旧摇了摇头,表达了她的看法。

此时香米感觉自己就像潜伏在宿舍里的一个特务,需要时刻提防着她们的言行,提防着自己的秘密被发现,还要小心地探听她们对这一行为的态度。香米听着她俩的对话吓得大气都不敢喘一声,她们讨论的这种情况她是可以想象到的,既然入了她们这一行,这点行为算什么啊,只不过那女生敢在学校门口做得那么出格,胆子也够大的。香米还是很顾及自己形象的,她怕被熟人看到,要是被宿舍里的同学发现了她做的这些事情,尤其是万一自己的把柄落在了游小素的手心里,那她就永无翻身之时了,所以她和陈有胜在一起的时候从来不在学校附近长久逗留。

这几天田逸给香米打了几十个电话,香米都没有接,发了上百条短信,香米都没有回。他在短信上说他错了,应该多关心关心她,他想见香米,想弥补他对她缺失的关怀。不是香米耍小脾气,而是她还没想好以什么样的态度面对田逸,不知怎么处理他们的关系。他们之间的距离已经远得十万八千里了,还有什么再见面的必要呢?

田逸终于在教学楼里堵住了香米,他说那天回去之后才恍然大悟竟没有看出她的脸色苍白,他为自己的粗心而深深自责,为自己的大意而万分悔恨,为他的过失而真诚地忏悔,他祈求她的原谅。他向她解释那天他真的只有五百块钱了,不是不想借给她。香米摇摇头,说,算了,都过去了,我们的事情也过去了,一切都到此为止吧。

田逸慌乱了,他越解释越激动,竟有点语无伦次了。香米平静地看着他,看着这个在学校里被很多女生仰慕的主持人,看着这个曾经说喜欢自己也令自己心动的男孩——这就是他的致命弱点。男孩,他还不成熟,没有任何实力可言,他给不了香米实质性的幸福,只是使得她一味地在感觉上纠缠和迷恋,而感觉能做什么用呢?能当饭吃么?能当衣穿么?能当钱花么?香米需要实用性的东西,谁给了她,她即便说不上幸福,至少会解决问题。而仅仅是解决问题,对她而言,就足够了。况且,陈有胜给她的何止只是物质上的满足,还有她以前曾未感受过的体贴和关怀啊!那时候,田逸又在哪里?

在田逸的软磨硬泡下,香米最终还是接受他诚意的道歉了,因为她发现要是自己仍旧不肯原谅他,那么田逸可能就要哭出来了。她看到了他那双饱含真情的眼睛里泪汪汪的,她于心不忍。她觉得他就像一个还没长大的小孩子一样,需要别人去体贴和照顾。于是香米望着他时,目光里尽是无望和忧伤,可他不会懂。

17

香米入门很快。她在很短的时间里就学会了察言观色，能轻易地看出陈有胜的心情好坏以便灵活应对，能谈笑自若地在酒桌上与陈有胜的朋友熟稔地周旋。她渐渐地喜欢上了那种场合。每当那些老板夸她漂亮大方、善解风情的时候，既为陈有胜争了光，也给自己脸上抹了彩，那种众星捧月般的感觉真好。

从稚嫩的女学生到成熟的女子，她只需要在原本单纯的人生底色上涂上一层妩媚和世故，让眼底的柔情荡漾起来，让眉梢的风骚流转开来，这个转变其实也不过如此，只要你愿意，只要你想成为一个那样的人，那么你便是那样一个人了。如果觉得良心上过不去，如果心里还有犹豫，那好，直接把陈有胜当男朋友算了，当做真的爱他不就得了。反正只要你假装自己能够心安理得地干好这件事，那么你就可以为自己寻觅到任何理由。世间的一切事情，只要你想接受，你的行动便能与你的想法统一战线。

她变了，首先从衣着装扮上表现出来，她开始学着化妆了，注意脸部保养了，打扮时髦了，走路有风韵了。她现在买衣服不再从地摊上买了，而是到大商场的专卖店刷卡消费。她不用再看售货员的眼色了，陈有胜给了她买东西不需看标价、花钱不眨眼睛的资本。那些曾经在齐莹莹、游小素身上穿着的高档服装，现在她也不

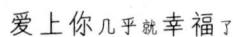

仅仅是眼巴巴地观望了。她努力地改变自己的形象,就是要让自己的外在配得上已经出轨的灵魂,要让光鲜的躯壳包裹住日渐腐朽的内心。

香米走在街上的时候心里油然而生出一种优越感,显然她已经跨入时髦女郎那个行列了,远远地逃脱了那个其貌不扬、穿着朴素的女生队伍。她甚至能够感受到一个穿着并不合身的运动服的女生用眼角偷偷瞄向她时因自卑而微微紧张的神情。香米的嘴角不自觉地上扬起来。她太了解这样的女生所怀有的那份复杂幽深的心情了,羡慕、惊叹、失落、无奈,从她的眼睛里,香米看到了曾经卑微的自己,她讨厌这样的自己,也同情这样的自己。

陈有胜经常带着她出入各种娱乐场所,酒吧、咖啡厅、电影院、台球室、健身房、夜总会……他试图把她带入一个"上流社会",让她见识各种各样的社交活动,认识形形色色生意场上的人。香米发觉自己以前真是白活了二十年,她突然明白了,她一直想要的就是陈有胜带给她的这样一种生活。

有一次周末陈有胜带着香米和几个生意场上的朋友在歌舞厅的包厢里唱歌,一群人玩很开心,几乎每个人都点了情歌,香米也唱了几首,清脆甜美的嗓音赢得那些男人们一阵阵掌声。

期间一个男人说,如今老少恋很时兴啊,不管是电视上还是大街上,许多年轻漂亮的女孩都傍上了大款,年纪都可以叫爹了,可是这就是时代发展的大潮流。另一个男人插嘴道,在如今这个社会,很多人都想通过最快的方式抵达成功,婚姻就是一个不错的捷径,所以好多小保姆都成了女主人。现在的小姑娘都不傻,谁还嫁愣头青啊。

那我嫁给你,你娶不娶呢?他身边的女孩趁机问道。

当然娶,今晚就娶!那个男人嘻嘻哈哈地说,其他人顿时哄笑成一片。

一个看起来在江湖上混了有些年岁的男人大声咳嗽了两声,说,这家歌舞厅的老板是个三十多岁的女人,当年是名牌大学的高材生,后来被一个很有钱的老板包养了,那老板的老婆不能生育,但不知什么原因没离婚,这个女大学生就给他生了个儿子,因为未婚先孕被学校开除了,那老板把儿子抱回家,老婆也把孩子当成亲生儿子来抚养,女大学生得到了一大笔钱,算是生儿子的辛苦费,自己竟创起了业,把这家歌舞厅开得红红火火的。这座城市能有几家歌舞厅有这样的场面?但是她到现在还没结婚,她包养的小白脸成群结队,一个比一个嫩,把自己养得像十七八岁的小姑娘一样年轻貌美,轻易不在歌舞厅露面,到处旅游享受生活,一切事务都派下手打点。

这个故事听得众人唏嘘不已,香米也对歌舞厅的女老板好奇了起来,心想这到底是怎样的一个女人呢?她肯定是和自己不一样的,她神秘、聪明,自己一个人能撑起这么大的一块地盘,而自己愚笨、稚嫩,没有干成大事业的能力和魄力。

人群骚动起来,每个男人怀里搂着一个女人,他们在讨论着这个女老板的容貌到底是什么样子,时不时地大笑一声,女人们则想象着她三十多岁的年纪是如何拥有十七八岁的容颜。

陈有胜对着只微笑不说话的香米说,这女老板有商业头脑,要不你也学学她,给我生个儿子?

香米知道陈有胜在开玩笑调节现场的气氛,以便引起别人对他们的注意,甚至可以增进他们的感情,于是她借机故作娇羞地捶打了几下陈有胜的胸膛。旁边的人看到这一幕都笑了起来,一个男人说,哈哈,有胜,你们小两口这么恩爱,羡慕死我们这些人了。陈有胜就笑得更开心了。

一个很瘦的男人说,现在的小姑娘可精明着呢,尤其是受过高等教育的大学生,好多历经世事沧桑的成功男人都被她们哄得服服帖帖的,趁他们一不注意,就席卷了他们的钱财之后远走高飞。去年夏天一个女孩就是这样,跟着一个搞矿产的老板两年了,平时乖巧得让人看不出任何反叛的迹象,大学毕业前夕带走了那老板好几百万,这还了得?你们想想,如果你是那个老板,能放过那个妞儿吗?结果不出三天,私家侦探就把那女孩给找出来了,老板派人从她身上卸下了一个部位。

所有人都听得入迷了,都想知道那女孩最后怎么样了。香米想知道她的哪个部位被卸掉了,是手?胳膊?还是腿?有那么一瞬,那女孩的叛变行为轻轻滑过香米的心,她承认最初见到陈有胜的时候,自己也曾有过那种卷着钱财逃跑的想法,但只是在脑海里想一想而已。

众人催促道,别卖关子了,那个女的哪里被卸掉了?

只见那个很瘦的男人邪恶地笑了一声,突然用手拍了身边的女孩胸部一下,大声说,就是这里!那女孩脸色马上变得苍白了,大叫了一声,声音急促而尖锐,像一根细针一样刺破了稀薄的空气。那个男人自己哈哈大笑起来。但是狭窄的包厢里立刻笼罩着一股阴森的气息,灰乎乎湿漉漉的,像一大团烟雾悬在空气中堵得人呼吸不顺畅。

怪异的气氛持续了不到一分钟,大家又都开始说笑了。瘦男人接着说,最后那个女孩是死是活,这我就不知道了。

这时候陈有胜对众人说,这女孩真不知好歹,给你吃给你喝,养着你供着你,到头来你反咬一口,把我们男人给害了,这样的女孩真是猪狗不如,被那个哥们儿碰上了,算是他倒了大霉了。

说者无心,听者有意。香米感到一阵心虚,她的心脏快要从嗓子眼里蹦出来了,陈有胜是不是早就洞察到了她的那点小心思,在"杀鸡给猴看"呢?她故作镇静抿着嘴笑,却不敢直视陈有胜的眼睛。

有个秃顶、很胖的男人环顾了一下四周,说,现在你们这些二奶,鬼主意多着呢。你们要是一不小心走上了歪道,下场比那个女孩还要惨。这个预防针打得正是时候,上下文衔接得也恰到好处,男人们脸上都显示出一副得意和骄傲的神色,几乎在场的所有女孩脸上都挂着讪讪的笑。香米觉得受到了天底下最大的侮辱,这仿佛表明女人成了男人随便使唤的牲口,任意摆弄的玩物,想怎么处置就怎么处置,容不得你有任何反抗的余地。香米的心抽搐着,难受的情绪一阵阵袭来。

一个打扮很妖娆的女孩说,哎哟,看大哥说的,就算您借我们十个胆儿,我们也不敢长出一根花花肠子,动一点儿歪脑筋,您就把心好好地收着吧。

另一个长相清秀的女孩说,就是就是,那个女人真是鬼迷心窍,身在福中不知福,放着好好的日子不去享受,犯傻呀。

秃顶男人又说,你们这些小妞儿心里想什么,能逃得过我们的火眼金睛吗?好歹我们也在江湖上闯荡了大半辈子,什么稀奇古

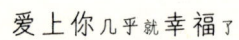

怪的事儿没见过？咱们都是在道上混的，弄死一个骚娘们儿，两根手指头就够用了。

陈有胜开了口，呵呵地笑着，对那个秃顶男人说，老哥，哪有你这么吓唬人的，把小姑娘吓跑了怎么办？我们香米胆子可小。说着，把香米往自己怀里又搂了搂。

我可不是吓唬人，这都是事实。不过，你还怕吓跑了小姑娘？你的钱包鼓鼓囊囊的，脑瓜子又灵光光的，一头扎进你怀里的女人还会舍得丢开你吗？就算有不识相的，跑了一个，还有无数的后来者涌上来，你怕什么？

陈有胜哈哈地大笑了起来，对着在他怀里的香米说，我才不怕呢。宝贝儿，你说是不是？他用期待的眼神望着香米，好像期盼她也表个态，但是香米还沉浸在刚才的不愉快情绪里，又听到他说话那种霸道的语气感觉不太舒服，所以就没作声，只是安静地笑着。

包厢里的气氛渐渐好转起来，一对对情人开始窃窃私语，打情骂俏。说实话，尽管香米已经适应了这种场合，但她有时候仍旧感到极度地不自在，虽然她无数次告诫自己，要放下尊严，放下颜面，忘记过去的单纯，把自己当成另一个风骚的女人，可是她还会被突如其来的语言挑逗得怒火中烧。尽量忍着吧，就当那些话是从狗嘴里吐出来的，跟狗计较什么呢，她自己安慰自己。

那个男人又开了口，我活到这么大年纪，该有的都有了，生活过得越来越滋润了，得感谢老天爷给我这个福分呀。

有人附和他说，可不是嘛，不缺钱，不缺权，不缺女人，想要什么有什么，神仙也过不上这么幸福的日子呢。

可就是有一样不好，老了，常常心有余力不足，好日子也快过到头了。我也不求什么虚的东西了,无聊的时候出来找个乐子,能快活一天是一天,这就够了。

陈有胜说,老哥这你就谦虚啦,咱们这不正是如狼似虎的年纪么?身边的美女带给你的不正是年轻和激情吗?这样的幸福生活一般人还过不上呢,你看看能有几个男人能像我们一样不缺女大学生?这就是我们成功男人的魅力所在啊。

那个男人又说,在咱们这个圈子里,谁不知道你老陈最有本事?谁能像你这样懂浪漫,会讨小姑娘的欢心?我是个大老粗,想学也学不来,也不会哄小姑娘,就她,还是一个哥们儿玩剩下的。哪像你,找的一个比一个漂亮。坐在他旁边的一个女孩笑眯眯地正剥了一瓣橘子放进他嘴里,那个男人顺势咬住了女孩的手指,女孩就咯咯地笑个不停。

陈有胜听到那个男人如此恭维他,脸上更是笑成了一朵花,搂在香米腰上的手加了一下力道。

陈有胜确实挺浪漫的,不仅别出心裁地送她礼物,而且每次见面总带她到不同的地方,这样能够保持一种恋爱的新鲜感。偶尔,他们也会去郊外。在大自然里欣赏美景不会像在酒吧、歌舞厅那样紧张、躁动,而是安静和舒心的,陈有胜会说很多话,讲他小时候的故事,讲他是如何一路打拼的⋯⋯香米就在这缓慢流淌着的时间里被一种世俗烟火的温暖包裹了起来,她有时候会产生一种幻觉,觉得这便是平常人家过日子的节奏了,就这样长长久久地走下去何尝不是一种平淡但安稳的生活呢?她记得陈有胜有一次带她去参加朋友宴会的时候,有人把她当成了他的妻子,喊她陈太太,还夸她年轻漂亮,阿谀奉承了一通。香米听到"陈太

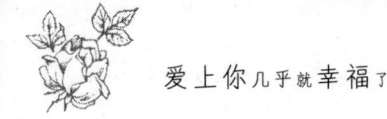

太"这个词,就有种隔世的恍惚感,它离自己太遥远,不真实,但非常吸引人。她扭头看陈有胜,发现他正眯笑着看着她,仿佛沉浸在一种无与伦比的喜悦中,那一刻香米突然感觉自己真的就成了陈太太了,成了一个真正的女主人……

她叹了口气,心想,女孩总是要长成女人的,是女人就总会要嫁人,这是哪个女人也逃不出去的宿命。嫁给陈有胜这样一个事业有成的,即便自己不爱他,又有何不可？以后也就不会为工作而忧愁,为房贷而奔波,而且他这么疼爱她。但香米马上就会把自己飘远了的思绪使劲拉回来,太不符合实际了。陈有胜有老婆有孩子,她只是玩偶而已。

而且,对香米而言,与陈有胜交往只不过是为了生存暂时走一段羊肠小道,来了结一段孤苦的生活,怎么能把这一个小插曲当作主旋律用一生来演绎呢？

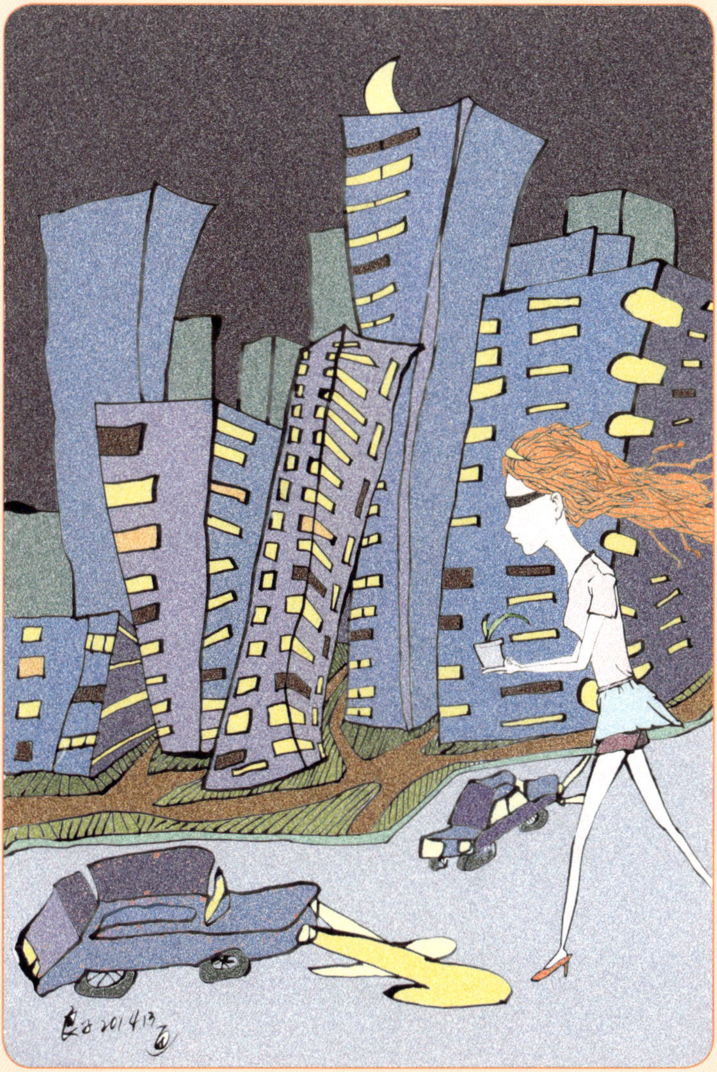

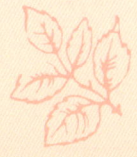

生活的疼痛让许多人披上了伤疤做成的外衣，
忘却了新生时我们都曾肤如凝脂，完璧无瑕。

18

游小素最近一段时间心情很好,而且不论正在做什么事总是冷不丁地就笑出声来,经常把大家吓一大跳。她比以前爱照镜子了,每穿一件衣服就问齐莹莹这件怎么样,出一趟门也要不厌其烦地梳妆打扮。

心里装着一个人就像装下了整个世界的风景,总想着让自己更美丽一点,好配得上这份美丽的心情。

齐莹莹试探性地问,小素,你是不是恋爱了啊?

游小素显得不好意思,说,可能是吧。

什么叫可能啊,是就是,不是就不是,模模糊糊是什么东西。齐莹莹还在试探她。

不说这个了,给你看看宋一博新写的诗歌。游小素说着就兴高采烈地打开电脑,找到之后念了起来:

　　我总是想找一方圣地
　　寄托多余的我自己
　　一并把想念和迷恋
　　安放于此
　　当我终于路过

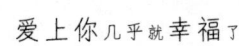

> 这满树的花开
> 就被你的纯白覆盖
> 我是想你好
> 还是
> 不想你才好。

读完之后，游小素说，这首题目叫《寄托》，我觉得改成《想念》比较好，莹莹，你觉得呢？

齐莹莹说，我感觉这两个题目都可以，表达的意思也差不多吧。

待会儿我打电话和宋一博商量商量，他说我给他提的意见可好啦，看人家多谦虚好学！再看看林安说话做事那个态度，容不得别人多说一句话，这就是人与人之间的差距。

齐莹莹听了，叹了口气，说，唉，算我倒霉，遇人不淑，你就别取笑我了。

翟丽在旁边一直没有说话。每当听到游小素在宿舍里提及宋一博，她就恨不得立刻找个地方藏起来。她尤其不喜欢听到她谈起宋一博就笑得花枝乱颤的声音，更令她心里不畅快的是，宋一博很少给她看他写的诗了，他总是把诗发给游小素。有时候宿舍熄灯了，他们两个人还通电话进行交流和讨论，聊得可热烈了。

翟丽不止一次地向宋一博旁敲侧击地暗示过，研究诗歌没人拦着，但也要顾及一下她的感受。宋一博就向她解释，他与游小素讨论诗歌完全是为了他即将出版的诗集。他要与别人多交流，听取各方面的意见，诗集才能实现最大程度上的完满。

翟丽终于把憋了很久的话说出来了,你知道吗,游小素拿着你的诗一天读好几遍,陶醉在诗意的世界里,而这个诗意的世界就是你塑造出来的。看到她那副如痴如醉的样子,我真不知道自己该怎么镇静下来。

　　啊？她真的这样吗？宋一博有点儿惊讶,但惊讶也掩盖不住心里的美滋滋。

　　翟丽呜呜地哭了,说,你为了你所谓的理想和追求,一点也不考虑我的感受,你完全把我抛在了脑后,你以前说过的话做过的事都忘了吗？你这样做不觉得太自私了吗？既然你不在乎我,那我们这样在一起还有什么意思？

　　小丽,你体谅我一下好吗？你知道我为了这本诗集付出了多大的努力吗？你知道我每天处理的这些事情有多麻烦吗？你怎么不想想我的苦衷呢？我和游小素只不过是在探讨文学,而她碰巧是你的舍友,如此而已,你为什么要这么小心眼呢？以前你可不是这个样子的。

　　宋一博连珠炮似的发问有着咄咄逼人的气势,让翟丽一时反应不过来。她怎么也没有想到宋一博会以这么不耐烦的语气说出这样犀利的话。她缓了一口气,说,我已经够体谅你了,是你自己变了,变得强大而又高高在上了,变得承受不了我弱小的体谅了,谁配得上你的强大,你去找谁体谅吧。

　　小丽,你有必要这么计较吗？我不就是和游小素多说了几句话么？难道你要阻止我和所有女生说话吗？你知道出书对我有多大的意义吗？评奖学金、入党、进学生会,以及将来参加工作,对这些都有帮助,最重要的是我还能成为名人,会变成一个真正的诗

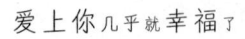

人,实现我的梦想!难道我为自己的未来争取一点成绩错了吗?宋一博一激动,声音也大了起来。

我没阻止你追求进步,追求成绩,可是你为什么不靠着自己实实在在的努力去实现理想呢?虽然现在我们的力量还很微薄,没有能力抵达目标,但是任何事都需要过程啊,谁也无法一步登天。一博,你这么有才华,完全不需要靠巴结别人来为自己增光添彩啊!

宋一博为自己分辩道,我这不叫巴结,游小素把我当朋友,是她想帮助我,而不是我去巴结她。看看现在社会这个发展形势,干什么不得找关系,摸门路?既然她那么喜欢我的诗,我为什么要无视她的赞赏?她妈妈找朋友帮我出版,我为什么要拒绝她的好意呢?只有傻瓜才会把送到嘴边的美味丢掉。

翟丽也不甘示弱,她反问道,你不是说你一向崇拜魏晋时期归隐山林的隐士吗?你不是最喜欢陶渊明那种悠然自乐的闲适生活吗?现在为什么要去争名夺利把自己弄得这么累呢?

哪有那么多为什么,小丽,你不要这么幼稚好不好!社会在发展,时代在进步,我的思想也在前进,以前说过的话都是一时的感慨而已。脱离大潮流的生活只能被社会淘汰下来,最终会被强者踩在脚底下,所以我以前说的话现在看看真是幼稚可笑!宋一博显得有点儿不耐烦了。

翟丽不敢相信这些话会从宋一博嘴里说出来,当初那个有理想、有境界、对她呵护有加的男生到哪里去了呢?她忍不住说,一博,那么你曾经对我说过的话是不是现在也觉得幼稚,觉得可笑?

小丽,这不一样,你不要蛮横无理好吗?如果这件事你不支持,那么我也没话可说,但希望你不要阻止我。你知道吗?我写了这么多年的诗,投过无数次稿,可是每次要么是石沉大海,杳无音讯,要么就是被退稿。小丽,你能体会到那种怀才不遇的心情吗?有多少次我都想过要自暴自弃啊!多少次,我都以为我真的不是做诗人的料了,可是我太爱诗了,如果不写,我会发疯的。所以当我第一次看到自己的诗刊登在杂志上的时候,我激动得都快要飞起来了。现在有人发现了我的才华,要为我的梦想助一臂之力,我为什么要拒绝?在人生的路上能遇到这样的机会不多,我想好好把握住,永远不放弃自己的信仰,不给将来留下任何遗憾。

翟丽静静地听完,冷冷地看着他,说,那好,宋一博,你说什么是信仰?说到底信仰不就是上天在严峻的时刻考验我们能否坚持到底吗?你现在还没有落魄到非得低声下气地求人办事的地步,怎么就中途打退堂鼓,去走这样一条捷径呢?

你不要什么事情都按照自己的逻辑来衡量和判断好不好?小丽,这不是捷径,我没偷没抢,更没做什么见不得人的事情,我走的正是一条通往信仰之路的光明大道!宋一博慷慨激昂地说。

翟丽望着眼前的这个人,一夜之间,她好像不认识他了,他什么时候变得这么世故了呢?虽然宋一博说得合情合理,可是她接受不了他对名利怀有这么强的欲望。当初决定和他交往,就是觉得他是个不随波逐流、有独特的思想和品位的人,现如今怎么也落入俗套了呢?她觉得没有必要再和他争执下去了,所有的话都是浪费口舌,都是徒劳无功,于是她愤然而去,留给宋一博一个单薄却决绝的背影。

于宋一博而言,诗歌就是他的生命,是他的挚爱。有时候他

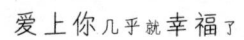

想，为了诗歌，他宁肯付出自己的一切。更何况，这本诗集就是他和翟丽的爱情见证，是他俩共同的"孩子"，翟丽应该支持他，鼓励他，共同期待它的面世，而她却不顾他的诗歌梦想和两个人的爱情结晶，让他离游小素远一点，这怎么可能呢？她竟然还说他自私，这不是伤他的心吗？按自己希望的方式去拼搏去奋斗怎么会是自私呢，要求别人按照自己希望的方式生活才是自私啊！且不说，游小素是他出版诗集的伯乐和救星，他应该跟她套近乎；就是他以一个诗人的敏感觉察到的游小素对他若隐若现的情愫，她为他所做的一切是心甘情愿的，他才更加胜券在握啊。不但自己不应该疏远游小素，翟丽也应该在宿舍里助自己一臂之力才好啊！

宿舍里的气氛很怪异，齐莹莹每天都忙，参加各种各样的活动，结交四方八面的朋友，期待新一场美丽的邂逅。她通常都是这样，身边没有男友的时候最忙。

而宿舍里剩下的三个人各怀心事，所以宿舍里经常笼罩在一种沉闷和压抑的阴影中。

有一天，游小素终于耐不住了，先开口打破了沉寂，对翟丽说，小丽你最近心情是不是不好？怎么看你总是苦着脸呢？有什么心事说出来我们帮你分忧。

翟丽吃了一惊，她没想到游小素会主动来关心她的情绪，说，没事，可能压力比较大吧。

压力？什么压力？游小素好奇地问。

学习压力，就业压力，我的压力多着呢。翟丽大体上猜出了游小素的意思。

那宋一博有没有多陪你散散心？游小素试探性地问。

怎么能没有呢，我们一有空就到学校后面的广场上散步聊天，一博给我讲很多有意思的事逗我开心，再听着树上一些小鸟叽叽喳喳地叫着，我的心情就好多了。

这样啊，我还以为……

以为什么？

算了，没什么。

小素，你什么时候变得这么婆婆妈妈了，这可不是你的风格。

那好吧，游小素嘻嘻地笑了一声，我听宋一博说，他感到不快乐，他很孤独。

他不快乐吗，他孤独吗？我怎么不知道？翟丽也笑着说。

游小素急了，说，真的，他亲口对我说的。他说你不理解他，不会换位思考，不在乎他的感受，这使得他很痛苦。

他真是和你这么说的？他还和你说什么了呀？翟丽掩饰住心底的气愤。

也没有什么了，我们只是闲聊的时候，偶然说起的。你们之间不会出现什么问题了吧？游小素睁大了眼睛，想从翟丽嘴里套出点什么来。

没啊，你放心吧，我们之间闹点小矛盾算什么呀。事实证明，冷战几天，我们的关系不但不会降温，反而还会升温呢，不信你等着看吧。翟丽朝游小素点了点头，信心十足的样子。

我没说不信啊。游小素像是对翟丽说，又像是自言自语，语气里有一丝隐隐的失落。

一场游击战打得胆战心惊，香米在旁边看得也忐忑不安。看

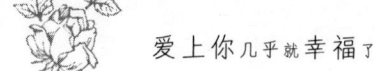

着游小素悻悻地走了,香米对翟丽跷起大拇指,说,现在宣布,辩论赛结束,翟丽同学获胜。

翟丽说,管它赢不赢,给自己壮壮胆也好。有时候你越是害怕,反而自己先倒下。生活么,本来就是心态在支配着你。

小丽,说实话,我能看到你心里的苦,生活中好多事情是勉强不来的,你不要硬撑着。香米说。

是啊,有些事情既然被我们遇到了,又怎么能逃脱得了呢?爱情的聚散离合,更是无法逃避。

小丽,你太执着了,太相信一种东西,有时候并不意味着你最后能得到它,反而会失去得更快。

翟丽朝香米深深地看了一眼,说,香米,我都懂,其实人活着,谁不是在无聊而又杂乱的凡尘中消磨时光呢,失去或者得到,都不是衡量其质量的标杆,重要的是这样一种生活让你有了承载失去或得到一些东西的重量,从此你也就不再轻飘飘的了,不再感到生无所依了。

翟丽说的好多话,总是能让香米感到,这个女孩已经深入到了生活内部,透彻地悟得了生活中一些很本质的东西,从而思想上也达到了她所不具备的旷达。

19

香米是在市中心的天玉街看见宋一博的。这么大的一座城市，这座城市这么多条街，他们偏偏就在同一天的同一个时刻出现在同一条街上，多么巧合，多么不可思议。如果只是两个人遇见那根本就不是问题，而恰恰是香米挽着陈有胜的胳膊，笑得花枝招展的时候，劈面遇到了宋一博。天玉街上人头攒动，双方都恨不得马上逃出彼此的视线，可是当时根本不可能。

其实，他们之间还隔着几个人。可宋一博的眼睛直直地看着香米，像是要把她的心看穿看透，香米也以同样的眼神看着他。周围车马喧嚣，人声鼎沸，香米像是临危不惧的战士一样回应着宋一博轻蔑的注视，因为她发现站在他边上的不是别人，正是游小素。只是她正在低着头玩手机，没有看到香米。香米注意到他们两个人手拉着手。

香米刚看到他们那一刻的惶惶不安立刻消失了。轮到宋一博满脸惶恐了，香米知道他比她更慌张，更害怕。他的把柄牢牢地被香米抓在手心里了，香米知道自己所面临的危险也就降低了大半。

好在游小素一直低着头，手机玩得不亦乐乎，也没注意到宋一博的手心冒出来了汗。宋一博经过香米身边时嘴角竟然笑了笑，这一笑，又把香米吓了一大跳，她本想装作不认识他的，并一直装

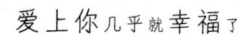

下去,装着他们从来没有在这条街上碰见过,装着她不知道宋一博和游小素的关系,可是他竟然朝她笑了!那笑容里有嘲讽?轻蔑?还是厌恶?香米猜不出来。最让她没有想到的是,她竟然不受自己大脑的控制,也朝他笑了起来,那笑是多么虚假,多么无力,多么敷衍。正是他们两个人都笑了,他们彼此的秘密才变得透明,得以融汇、交杂在一起,成为同一个秘密,需要两个人小心呵护,小心守卫,不让它们大白于天下。

回学校香米做的第一件事就是去找宋一博,"私了"他们在大街上碰到的事。

她问,你是怎么想的?

什么怎么想的?你在说什么?

别揣着明白装糊涂,我没时间和你绕来绕去。

好,今天和你在一起的那个男人是谁?为什么你们会那么亲近地在一起?

这跟你有关系吗?

我就是不明白,你看起来那么纯真的一个女生,做点什么不好,怎么会那样……

哪样?

说出来我怕脏了我的嘴。

好,那我自己说,我不怕脏了嘴,我全身都已经脏了,还在乎说出来吗?不就是包养吗?对,我被那个男人包养了。香米恶狠狠地说着,她也不知道自己为什么对宋一博这么坦率。

呸!你真不害臊!宋一博嫌恶地说。

那你就害臊了?你勾搭女朋友的舍友,脚踩两只船,这可不是我胡说的吧。

我们只是普通朋友，一起逛个街而已。宋一博的言辞开始躲躲闪闪起来。

呵呵，手都牵到一起了，还是普通朋友么？要是搂抱在一起那会是什么呢？你和游小素的事别以为我不知道，你这么做对得起翟丽吗？你不觉得心中有愧吗？

香米，我请求你不要胡说八道。我和小素只是在街上碰到了，然后同行了一段路，除此之外没有别的什么，要是你去和翟丽说了，我也没办法，但是你那件事的程度，我想远远要比我的严重得多吧。

你在威胁我？香米挑起了眉。

宋一博叹了口气，说，没有，我只是不想让我们都被逼到绝境里去。

香米莞尔一笑，说，我们先不提我的那件事，因为我没有吃窝边草！只是，我希望你不要辜负了翟丽，她最近心情很不好，难道你没有责任吗？你知道她曾经对我说过什么吗？她说你是她值得一生去信赖和托付的人。

宋一博听到翟丽那么相信自己，对自己的评价那么高，心里不禁一颤，顿时感动了起来，说，香米，你不要瞎操心了，我和翟丽很好，我不希望你拿我和游小素来说事，我们没什么，只不过是因为那本诗集的一些事情而在一起商量。诗歌就是我的理想，我想，我为它所做的一切都没有错。

为了诗歌你宁愿放弃爱情吗？香米适时地反问道。

诗歌和爱情并不矛盾，我爱翟丽，但我也爱我的梦想。宋一博望着香米,顿了顿接着说,为了诗歌,我连生命都肯放弃,还有什么放不下的呢?

好,算你狠!宋一博,翟丽是我最好的朋友,你如果做了对不起她的事情,我是不会原谅你的。

就算我做了对不起她的事情,跟你有什么关系?宋一博突然换了一种冷漠的口气.

香米没想到他会这样说,于是缓和了一下愤怒的语气,说,因为我也要给我自己一个交代。你们在一起的时候,我曾经帮你递过情书,帮你说过好话,我曾经真心觉得你是一个不错的男生。翟丽多好的人啊,你要是辜负了她那真是不懂得珍惜,你就等着后悔去吧。

香米发现宋一博的眼底闪过一丝不易察觉的慌乱,她知道,他听进去了,于是也不再多费口舌。至于他是否会把她的事说出去,她也不去计较了,大不了来个死不承认,反正他又没有什么证据。

过后香米感到纳闷儿,为什么自己对翟丽和宋一博的关系那么在乎呢?一个原因是翟丽和宋一博是她心目中大学生恋爱的理想典型,他们的爱情,有着才子佳人的浪漫和温馨,在她心中这样的爱情是最值得向往和憧憬的,她怎么能眼看着自己欣赏的爱情楷模误入歧途呢?另一个原因是她为了自保,想通过夸大他们关系的严重性来掩盖宋一博在街上看到自己的事实,她不想让自己的羞耻展露在所有人面前。

香米回到宿舍再见到翟丽的时候,心里就揣了小秘密,心事重重的。她不停地问自己,要不要告诉她呢?要不要让她有心理准备,或者尽早采取预防措施呢?

犹豫再三,她还是打算对翟丽保持沉默。有些事情说不得,就算是至亲,也得小心翼翼的,凡事分个轻重缓急,何况她只不过是和翟丽关系好一点儿而已,翟丽和宋一博毕竟恋爱了这么久啊。

不料翟丽却说,香米,我发现你最近有点问题,感觉神神秘秘的。

香米吓了一大跳,说,没有吧? 你肯定想多了。

你每天早出晚归,带着一身的疲惫回来,这难道不是大家都看得见的事实吗? 还有,你的穿着、打扮以及为人处世的风格都跟以前很不一样了。

香米心虚地问,怎么不一样了?

你以前从来不化妆的,现在却每天在镜子面前花费很长时间,而且很讲究怎么搭配衣服,怎么拾掇发型,我感觉你不是以前那个简单而朴素的香米了。

我当是什么呢,原来是这个啊! 你说得这么神秘,这算是问题吗? 大学都快上完了,我还能打扮得和高中时那么土气吗? 虽说不至于夺人眼球,难道我就不该注重一下自己的仪表吗? 我也想变得漂漂亮亮的,也想好好改造自己的形象,变成别人喜欢的样子,所以我努力让自己变得更好,变得跟随潮流,这有什么奇怪的啊。

可是,香米,你给我的感觉怪怪的,我总是觉得你在悄悄地做着我不知道的大事。

香米心里一紧,说,哪有什么大事啊,无非是在外面的时间多了一些而已,接触社会的时间久了,人也就感觉沧桑了吧。她一直对翟丽说她课余时间在一家超市做兼职,那家超市业务很忙但待遇很好,所以她的生活因此改善了不少。香米这样对翟丽说是为了排除她可能产生的疑虑。

但她也知道,即使她装得再淡定,再随意,她也已经深深地踏进翻涌着的漩涡里面了。尤其是在同宿舍的人面前,她由内而外地发生变化的点滴痕迹,都会被捕捉到。虽然香米总是谨小慎微,尽量不露出什么破绽。

翟丽没有再问下去。香米赶紧找个借口去水房了。水"哗哗"流出来的时候,香米想的是田逸。现在,她对他不冷不热的,完全没了以前的亲密和依赖,而他依旧每天对她嘘寒问暖,香米默默地接受着他的好,接受着他由衷的赞美和殷勤的照顾。她在心里冷笑着,自嘲着,她知道自己不配得到爱她的人施予她的任何温暖,如果说陈有胜给了她物质上的充裕和满足,那么田逸给她的只是精神上巨大的虚空和痛苦。

在她看来,田逸太率真了,有时候甚至有种孩子气,她觉得与他在一起没有太长远的未来。她本想与陈有胜交往以后,就和田逸分手的,可她又有点舍不得。她问自己,是贪恋着那份简单和美好么?是想让自己在污浊的世界里还保留一点爱的纯洁吗?

她对田逸说过,我不值得你这样。

田逸奇怪地说,怎么会呢?我对你的爱是不会改变的。他笑得明媚而天真。

香米说,我没有你说的那么好,生活表面的东西会蒙蔽人的双眼,你现在对我的期待值越大,以后发现我并不是你现在想的那样,那时你对我的恨就会越深。

我相信不会的,香米,你是不是有什么难言的苦衷?我总觉得你有心事,而且总是闷闷不乐的,我问你你又不说,难道你还不相信我吗?不相信我会和你共渡难关吗?

没什么,香米摇了摇头,不知道该如何作答。田逸,这样说吧,我和你不是一个世界的人,将来你是要到电视台或者其他媒体去的,而我……香米没有说下去,她不知道将来她会去哪里,干什么。对于未来,她怀着莫大的恐惧和茫然。

香米,如果你在乎的是这个,那你大可放心,我不会介意的,只要我们有爱情,什么困难都打不倒我们。

爱情?田逸竟然在和她谈爱情,她配吗?曾经,她何尝不向往爱情呢?可是现在她痛恨这个词,痛恨别人对她这么信誓旦旦地说出这个词,她有什么资格去触及这个圣洁的词汇呢?

田逸看出了香米脸上的纠结和痛苦,小心地问,香米,你在钱上还有困难吗?

这一问无疑如同霹雳惊雷,香米没想到田逸会和她说这个话题。她先是吃了一惊,然后狠狠地瞪了他一眼,眼睛里的泪珠在打着转,她克制着自己不让它们流出来。那一刻,她感到撕心裂肺般痛苦,他怎么可以在这个时候跟她提钱呢?他怎么能这么无所顾忌地直指她的软肋呢?难道在他的眼里,她对他冷漠的原因是他没有借钱给她吗?难道导致他们两个人产生隔膜和分歧的只是钱吗?

但是,不是钱又是什么呢?香米走到这一步不全是因为钱吗?为了钱,她忍辱负重地活着;为了钱,她出卖了自己的身体,葬送了自己懵懂的少女时代;为了钱,她把自己送给了一个不爱的男人。她所做的一切难道不都是为了钱吗,不都是为了在这个世界

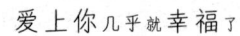

上有一方立得下脚的土地吗？可是，田逸凭什么以那样的口吻来问她？他为什么不是直接帮她解决问题、渡过难关，而是在这里无关痛痒地问她呢？

这样想着，香米就有点儿恨他了，恨他不能给她带来任何实质性的帮助，恨他在她最无助的时候只丢给她一个冷冷的背影，恨他让自己最后的希望灰飞烟灭而只好无奈地去投身陈有胜，恨他这么天真而幼稚地和她谈爱情，恨他把她卷入了一场暧昧不清的感情游戏里，恨他总让自己感觉愧疚和不安以至于无法与他平等而视。

当香米这样恨着的时候，他竟然无动于衷地沉浸在自己虚构的幸福世界里，用他无辜的眼神回应着香米心里的兵荒马乱和羞耻难堪。

这个时候，香米只想选择落荒而逃，因为她哽咽着说不出一句话。田逸被她的样子吓坏了，脸色慌里慌张的，他为她擦掉脸上的泪水，说，香米，你这个样子我也很难受，我希望你有什么事情说出来，憋在心里是何苦呢？

香米能说吗？她也想把积压了这么多年的愁绪都一股脑儿全倒出来，她也想痛痛快快地把她遭受的不公都呐喊出来，可是她不能。她已经是一个坏女人了，她已经堕落了，她没有资格哭诉一腔衷肠了，更没有机会赢取任何人的尊重和同情了。她真的到了山穷水尽的绝地了，可是她何尝不想早点儿退出来呢？她早就打算好了，等有了足够的钱之后，她就重新把自己洗刷干净，来一个脱胎换骨的新模样，来一场与众不同的新人生。她要重新活一次，活得体面，风光，有尊严。她要用现在的卑贱和痛苦换回将来的幸福

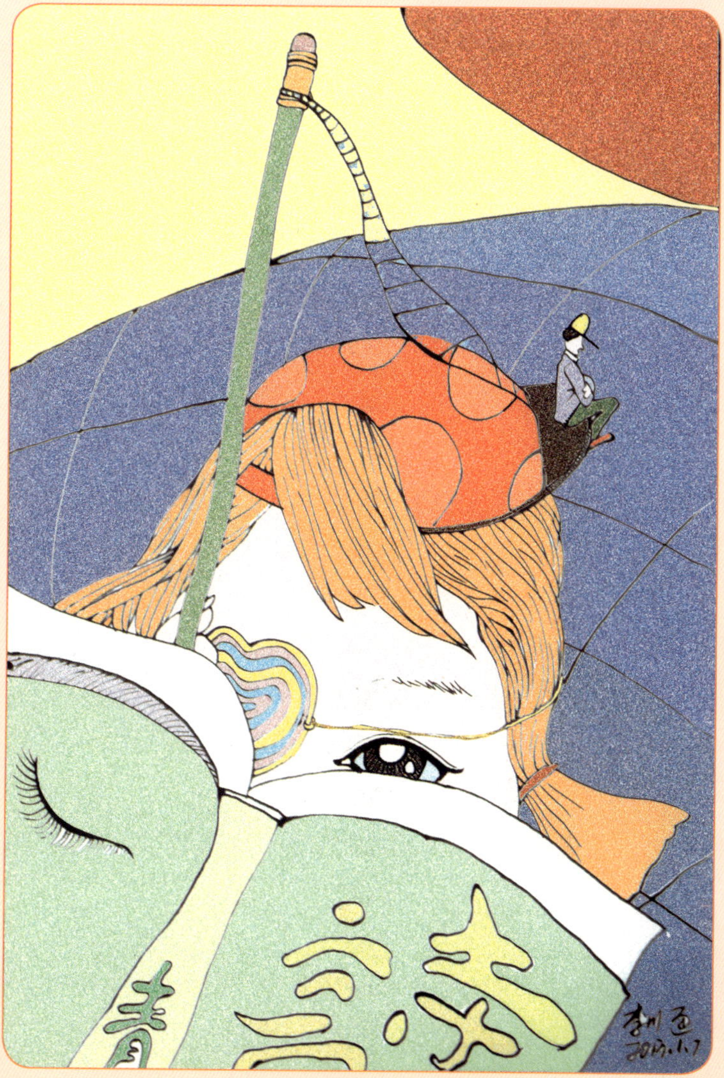

爱情里的真真假假，谁又能说得清楚，看得明白？或许只有当岁月的长河不断向前流去，我们才能逐渐看清曾经云里雾里的那些过往。

和光彩。

　　香米望着田逸,看着他自信而清澈的眼眸,与这样一双纯真的眼睛对视,她感到无能为力。曾经她何尝不是拥有这样一双眼睛呢?用这样一双眼睛看世界,注定会被一道道彪悍霸道的强光刺痛。她不想与田逸就这个问题再纠缠下去了,无效而伤神的斗争,注定惨败。

20

齐莹莹的新男朋友是一个歌手,当她兴奋地宣布这个好消息的时候,宿舍里所有的人都来了精神,尤其是游小素,激动地从床上跳了下来,说,莹莹,艺人都被你搞到手了,真有你的!这么刺激的事情你也做得出来!

齐莹莹说,这算什么啊,玩玩儿呗。

翟丽不屑地说,什么叫玩玩儿呀。

生活就是自己给自己增添乐趣啊,放着大好的时光白白地让它溜走,多可惜。齐莹莹回应。

我们莹莹才过了几天单身生活啊,就寂寞了?哈哈,不管怎么样,莹莹,我看好你,也支持你,祝你和歌手擦出耀眼的火花。游小素拍着手欢快地说。

可别火花没擦出来,倒引火烧身。翟丽冷冷地说。

哎,翟丽,你怎么能这么说话呢?莹莹哪里惹你了,你这么咒人家。游小素为齐莹莹打抱不平。

我又不是跟你说的,莹莹还没吱声呢,你管那么多干什么?翟丽回应她。

哎呀,你们都别说这些没用的了,我是不会计较的,我高兴还来不及呢。告诉你们吧,我和他在一起的时候,感觉就像看一场魔术表演一样,非常刺激。齐莹莹陶醉般地说。

莹莹,我觉得你老是频繁地寻求新的感情,不是长久之计,毕竟,我们的生活最后是要归于平静的。翟丽有点为她担忧。

游小素插嘴道,某些人就别多管闲事了,吃不着葡萄说葡萄酸。

我是好心好意的,俗话说,忠言逆耳利于行,这个道理只有傻瓜才不懂,再说,我嘴里的葡萄正甜着呢,多得吃都吃不过来,有的人才吃不到恨得牙痒痒呢。翟丽也不失时机地反驳。

游小素听了气得脸憋得通红,半天说不出一个字来,可她不想输给翟丽,最后终于甩出一句话,看谁最后吃到那颗葡萄!

抢别人的算什么本事呀。翟丽还是冷冷地。

自己看管不好赖谁啊。游小素以同样的口吻回应她。

你也就是捡别人剩下的份儿。翟丽也毫不客气地说。

一种无形的硝烟已经弥漫在宿舍的上空,气氛冷得令人惊悚。游小素已经向翟丽发起挑衅了,两个人眼看着就要公然开战,齐莹莹见状,拼命将火力往自己的事儿上分散。

你们说,我的运气怎么这么好呢?我以前也经常去酒吧,怎么就没注意到他?他是真正的艺术家,浑身上下由内而外散发出艺术的气质。缘分这个东西真的是很奇妙啊。齐莹莹自顾自地说,他每个月都要到全国各地去演出,那种四处漂泊的感觉真好。

游小素也许是自觉理亏,又顺着齐莹莹的话说,莹莹,你确实该换换口味了,以前全是咱们学校体院的男生,这次终于换了一个搞艺术的,你也向文艺方面转型啦。

是呀,现在想想,以前那些男生都是傻大个儿,没有什么独特的思想,而他呀,简直就是为艺术而生的!我和他在一起讨论音乐的时候兴奋得不得了,他竟然是自学成才,比我这个从小就学的人强得多了。

真的吗?赶快找个好日子让我们见一见他吧。游小素欢快地说。

不要着急嘛,他很忙的。齐莹莹一副娇羞的样子。

恭喜你,莹莹。每当齐莹莹新交了男朋友向大家炫耀的时候,香米就显得笨口拙舌,不知该说什么,所以几乎总是重复这一句。但齐莹莹都会欣然接受,她享受别人对她的一切赞誉和祝福。

其实香米心里很羡慕齐莹莹,她总是那么容易让生活变得跌宕起伏,充满变化。而且,每一个变化她都来者不拒,甚至运筹帷幄。她轻轻松松地就能说服自己,不对,她从来不存在说服自己的问题,而香米,做每一件事,心里都像压着大石头。

齐莹莹继续说,女人年轻就是资本,青春只有一次。我越来越体会到这种感受了,激情和活力才是我们身上应该有的一种气息,而爱情就是最直接最迅速的催化剂。每一次恋爱我都会有不同的体验,这些体验就是收获,令我感到充实,感到不虚空。就算以后老了,我也不会后悔我的青春虚度。

要是以前,香米无论如何都不会认可这种价值观的。可是现在,她觉得每一个人都比自己清澈,每一种价值观都比自己的更简单。无数个夜里,她都默默地鄙视自己。

对于翟丽来说,爱情是怎么离她越来越远的,她自己也不清楚。

很长时间以来,她都没有和宋一博联系过了,而游小素却几乎天天和他通电话,以讨论诗歌的名义聊起来就没完没了,时不时地哈哈大笑着,一副洋洋自得的样子。翟丽知道她是在她面前炫耀。

不过,骨子里翟丽对此不以为意。游小素除了家庭条件比自己好,其他方面怎么能比得上她呢?而且她做事粗枝大叶,毫无淑女的风范,自古才子爱佳人,宋一博怎么可能喜欢上她呢?

这天,她无意间听到游小素和宋一博通电话,像是商量要去什么地方。翟丽有一种不好的预感,但却猜不透他们到底背着她在商讨什么大事。

一种力量驱使着翟丽一路跟随着打扮得花枝招展的游小素。只见她在校门口和宋一博碰了面,然后就有说有笑地沿街朝前走。翟丽过了好一会儿才明白过来,原来他们是在散步。她心里乱个不停,简直不相信会有这样的事情发生,她极力压住心里的火气,看见他们走到大路的尽头之后就拐了个弯,进了那家他们以前经常去的咖啡馆。她看到宋一博还是像以前呵护自己一样,礼貌地为游小素拉开门,脸上甜得像是盛开了一朵芳香四溢的花,亟待蜜蜂去采蜜。那一刻翟丽的自信被击得粉碎,她以为自己的优势远远大于游小素,而两个人偶尔的冷战不过是为了更有激情地在一起。她以为宋一博曾经对她说过的海誓山盟不会轻易改变。

她想都没想就风风火火地冲进了咖啡馆,这么大的动静立刻引起了宋一博和游小素的注意,他们脸上的笑容同时凝固了,宋一博下意识地站起来了,尴尬地想找话说。翟丽颤抖着嘴唇说,你们真是惬意啊。

宋一博这才说,小丽,你怎么来了?

翟丽轻蔑地说,我怎么就不能来了呢?只准你们来幽会,不许

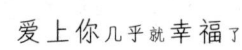

我来捉奸啊？

宋一博脸上讪讪的，尴尬地说，其实，我本来……

别说了！你想说，其实你们本来是普通朋友，偶然遇见了，来这里聊聊天吗？

不是的，是这样，我是要对你说，本来我打算和你说分手的事情，我现在就是和小素商量怎么和你说。

翟丽觉得好笑，分手？分手你还要和第三个人商量吗？你一个大男人原来这么没主见啊，现在就成妻管严了？

宋一博，我算是认识你了！

这时候游小素也站起来，拍了拍翟丽的肩膀，说，小丽，别生气，感情的事谁也勉强不来，没有谁对谁错，只有合适不合适，我们仍旧是好姐妹。

翟丽甩掉了游小素放在自己肩膀上的手，说，好姐妹？算了吧，别和我来这套，这下你高兴了吧？满意了吧？得逞了吧？

小丽，我们这么长时间的舍友关系了，你也是了解我的，我没有要和你作对的意思。我只是很喜欢一博，如果不是顾忌你的感受，我早就大胆地追求我的爱了。

呵呵，真是天大的笑话！谢谢你曾经还顾忌过我的感受！游小素，兔子还不吃窝边草呢！你真厉害！翟丽恨恨地瞪着游小素。

宋一博说，小丽，你别生气，这跟小素没关系，是我觉得我们之间的距离太大了，以前我们在一起的时候很快乐，很美好，但是我的心需要被理解……

你不用再说下去了，我知道我配不上你，你自始至终都觉得不公平，你是大才子，是大诗人，而我，什么都不是，不是一个合格的读者,更不是一个合格的女朋友,而且还整天给你脸色看,那好,我们两个人就到此结束吧。

小丽,对不起。宋一博显得很愧疚。

你又没有什么错,说什么对不起,是我不够好,没有小素优秀,没有小素理解你……翟丽说着眼泪"哗哗"地流了出来。她不顾咖啡馆里别人异样的目光,大哭了起来,又觉得很没面子,就一甩手飞奔了出去。以前,这个时候,宋一博总是会拼命地追出来,然后赶上来道歉。翟丽跑了一会儿,发现根本就没有人。她知道,她真的失去宋一博了。她被男朋友甩了。她失恋了。

爱情是两个人的事情,也可能是三个人的事情,但终归是两个人的事情,总要有一个人退出,退出者必须是她吗?翟丽不甘心。以前那种幸福美好的日子真的就结束了吗?翟丽突然就忆起了曾经的点点滴滴。她体质不好,身子弱,天一冷就会生病,有时候严重了还要住院打点滴。为了不让父母担心,她总是不告诉父母自己病了,每当这时候宋一博就为她跑前跑后,悉心地照顾她。

她记得非常清楚的一次是,去年冬天的一个深夜里,她由轻微的感冒突然变成了高烧,头疼欲裂,脑袋迷迷糊糊的,宋一博一口气从宿舍楼把她背到了校门口,然后打车去了医院。那一晚可把他折腾惨了,寒冬腊月的他却大汗淋漓。那时候翟丽感觉自己是世界上最幸福的人,宋一博就是那个可以携手一生一直走下去的人。这段记忆,每当想起,翟丽都会觉得特别温暖,就像暖融融的太阳照在身上一样。现在,她的太阳不见了,她的天黑下来了。

翟丽漫无目的地走着,不知不觉天真的就黑了下来,也不知走了多少路。当眼前一片黑暗的时候,她才发现自己已经到了离学校很远的小路上了。这条小路没有路灯,周围也一片荒凉。翟丽慌了,这可怎么办才好?她掏了掏口袋,发现因为走得匆忙手机也忘带了。突然之间,她发现自己什么也没有了,仿佛与人世间的一切联系都消失了,她就那么静静地站着,不知该向哪个方向走。

突然她感到有灯光照到了眼睛,好一会儿她才反应过来是一辆车正向她这边缓缓驶来。她仿佛看到了救星一般,举起双手招呼着那辆车。不一会儿车停了,一个女人从车窗里探出头来,从上到下打量着翟丽,问,小妹妹,怎么了?

我走着走着就把自己走丢了,能不能让我搭个便车?

那个女人有点儿犹豫,天都黑了,你怎么自己在这里呢?

翟丽怕她不相信自己,就有点着急,眼泪也掉下来了,带着哭腔断断续续地说,我……我是附近大学的学生……因为遇到了一点事……不知怎么就到了这里……

翟丽这一哭,那个女人明显被打动了,就问她是哪个学校的。

翟丽擦了一把眼泪,说出了自己学校的名字。

那个女人听后显得很吃惊,说,很好的大学啊,我高考那年第一志愿就报了这个学校,结果差了几分上了个二流大学,看来咱们还挺有缘的。我正好去你学校附近办点事,上来吧。

翟丽感激地连声说着谢谢。

上了车翟丽才发现这个女人很年轻,打扮得很出众,而且车里有一股非常好闻的香水味儿。女人看了一眼翟丽,说,失恋了吧?

翟丽点了点头,发觉女人根本就看不到她点头,于是就"嗯"了一声。

那个女人接着就大笑了起来,说,这年头啊,女人只要一哭,没别的事，准是被男人甩了，这种事情我见得多了。

不是的，我们是和平分手。翟丽听了她的话感觉不舒服。

看你哭成那样，事实明摆着嘛，肯定被你男朋友背叛了。女人说。

翟丽不说话。

我也是大学才毕业几年，大学生之间的什么事我不知道啊。我也是从你这个年纪过来的，当时比你还痛苦，恨不得拿刀杀了他，可是因为某个契机我想明白了一些事，人活着，何必只是为了一个人？

他找了一个能让他的梦想尽快实现的女朋友，除此之外没有哪一点强过我，我不甘心。翟丽突然说。

妹妹啊，别傻了，男人总是以梦想、以事业为理由抛弃自己口口声声说深爱的人，然后找一个有助于他事业发展的女人，这说明了什么？说明我们女人自己要变得强大，不能让他们男人招之即来挥之即去。

翟丽说，确实是这个道理，正因为我家没有别人家那么有后台，没有别人家那么富裕，所以给不了他任何帮助，他只能选择离开我，去投奔一个更好的人。

我上大学的时候，也和你一样，甚至不如你。那个女人说，我们俩都是从农村来的，还是高中同学，好了两年之后，你知道怎么样了吗？女人从车内后视镜望着翟丽。

翟丽摇了摇头，她不想开口说话。

那个女人继续开着车，淡淡地说，他被一个富婆包养了。

翟丽吃了一惊，"啊"地叫出了声。

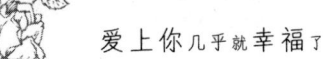

女人嘴角荡漾起了一丝不易觉察的微笑，说，想不到吧，我也想不到。那时候我们都太穷了，穷得根本就看不见未来。他长得很帅，在一次做家教的时候和那家的女主人勾搭上了，就这样把我晾一边了。

他也太无耻了。翟丽恨恨地说。

也没什么，现在想想，他也是无奈之举，也算是勇敢地追求自己想要的吧。在现实面前，爱情是最脆弱、最上不了台面的。我当初又哭又闹，可是有什么用呢？人家富婆不仅漂亮而且有钱，能像大姐姐一样照顾他，并给他安排不错的工作，而我呢，只是一个幼稚的小女生。他拿着那个女人给他的钱甩在我脸上，让我赶紧滚得离他远远的，别阻碍他的大好前程。

真不是个东西。翟丽说。

妹妹，看开点，世上没有过不去的坎儿，要是老放不开，总觉得全世界都和自己作对，那这日子还怎么过下去呢？于是我就想通了，不就是为了钱吗？他都豁出去了，我还顾忌什么？所以我就去找了那个女人的老公，投靠了他，他成了我现在的老公。

翟丽惊得说不出话来。

上大学那段时间，他养着我，名义上没有离婚，其实早就和她老婆分开过了，于是我们原先的两对交换了一下对象，还是两对，好笑吧？我大学毕业后，他就离了婚，和我结了婚。

翟丽问，这是你想要的生活吗？

女人说，不是又能怎么样？他很爱我，只是平时工作忙了点，我现在可以说也是一个标准的富婆了，想要什么就有什么，想包一个小年轻也肯定没问题。

那你原来的男朋友怎么样了？翟丽好奇地问。

他呀，和那富婆结了婚，后来又离了呗。那个女人离婚后就没什么钱了，对他也没什么利用价值了，所以分开是必然的。没钱就等于失去了一切，这就是社会发展的规律。

听着眼前这个女人的故事，翟丽已经顾不得自己的悲伤了，在这么离奇的爱情转变面前，自己的失恋简直就是小巫见大巫。

不一会儿，车就停在了离学校不远的一条街上。女人说，今天就把你送到这里了，妹妹，认识你算是我的缘分，姐姐告诉你一句知心话，你要是想报复男人，就得狠一点，不管是对自己，还是对别人。男人因为什么离你远去，你就要得到什么，就是要让他后悔，让他愧疚，让他知道离开你是天大的错误！他如果想迷途知返，你就要让他知道早已没有了挽回的余地，让他在忏悔中痛苦。

翟丽似懂非懂地点了点头，嘴里说着感谢的话，下了车。当车消失在夜色中的时候，她觉得自己仿佛做了个梦。

对于她来说，她是不会想什么离奇的招数去报复宋一博的，她只不过是输了一场爱情而已，并没有输掉生活的全部，不想因此而改变整个人生的运行轨迹。

翟丽回到宿舍的时候，香米迎上去问，小丽，今天下午你去哪里了？怎么手机也不带？到处都找不到你，我还以为你和谁私奔去了呢。

翟丽嘴角扯出一个苦涩的笑容，看了一眼正坐在床上"对镜贴花黄"的游小素，拉着香米的手到了走廊上，说，宋一博和游小素在一起了。

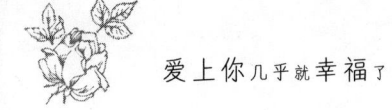

香米立刻知道事情的大概了,心想,这么快就摊牌了,宋一博耐性真差,一点儿事都憋不住。好在,恶人还是让他自己当了。

不等香米说话,翟丽就自顾自地说,太没意思了,他太没意思了,找谁不好,偏偏找了这么一个极品女人。

世上的稀奇事儿多着呢,没必要这么斤斤计较。香米安慰她道。

真是看走了眼。

唉,谁让游小素这么狡猾呢,也难怪宋一博看走了眼。香米说。

我是说我看走了眼。翟丽望着香米说。

这说明那个人根本就不适合你,早散早好。小丽,凡事你一向都看得很开的。香米劝她。

翟丽沉思了一会儿,说,香米你说得对,不就是失了一场恋嘛,只不过是人生的必修课,失恋算什么呀,总比失财、失身好得多。

香米听到"失身"二字,脑袋"轰隆"一声,麻木已久的心又有了波动。她以为宋一博把她的事情告诉了翟丽,所以就说这样的话刺激她,但翟丽并没有接着多说什么,香米知道自己又想多了。自从和陈有胜发生了那种关系之后,香米总是疑神疑鬼的,怀疑全天下的人都知道她在做什么。

21

  陈有胜在钱这方面一向很慷慨,不仅支付了香米这半年的学费和生活费,还把她家所欠的债务都还清了。她感到那条一直禁锢着她,令她终日惶惶不安的枷锁已经从她身上消失了,心里有种说不出的轻松。她甚至觉得这些钱已经远远地超过了她自身的价值。回过头来想想,这些年有谁对她这么好过呢?是陈有胜给了她无尽的温情啊。这样想着她就感到自己很幸福,对陈有胜也就格外亲热,就掏心掏肺地对待他了。

  一旦生活较之以前发生了天翻地覆的改变,人的心态就会发生相应的改变。香米再也不需要穿着破旧的衣服在同学们面前抬不起头了,再也不需要与齐莹莹和游小素谈到钱的话题时就躲躲闪闪了。她不但为家里减轻了经济负担,而且还能支付起弟弟的学费。她如今也算是一个富人了。

  但是有时候香米也会怀疑自己这样做到底是否值得,这样活着到底是为了什么,她不确定现在的生活是否真的幸福,这样衣食无忧的好日子能延续多久。但香米管不了那么多了,现在她能做的,就是在这条路上心无旁骛地走得更快、更远,绝不能半途而废。这样一直走下去,前方未必就是一片光明,但是一旦回头,身后就是万丈深渊了。如果她再稍有迟疑,定会死无葬身之地。香

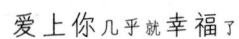

米慢慢悟透了这个道理之后,也就不再在那些虚无而又漫无边际的问题上煞费脑筋了。

有一次她开玩笑地对陈有胜说,陈哥,你赚这么多钱,什么时候花得完啊?

陈有胜喜滋滋地说,世界上只要有赚不完的钱,就有花不完的钱。只要我还活在这个世界上,那就得有钱不断地乖乖跑进我的腰包,这就是一个企业家与钱命中注定的缘分。

陈有胜的自信写在了脸上,像是天下所有的钱都是他的一样,即使现在不是,将来也必会成为他的。香米看着他那副不可一世的样子,突然心底里就升起了一种不平,凭什么他就能轻轻松松地赚这么多钱,过这样舒坦的日子?为什么劳苦的农民在土地上辛勤耕耘了一辈子,还是穷得家徒四壁?陈有胜开着那么大的房地产公司,积攒下的家产,怕是几辈子也花不完。他每天坐着不动,钞票也像流水一样"哗哗"地往他账户里流,为什么他就能坐享其成,而不是别人?香米与他在一起的时间越长,这些问题越容易涌进她脑袋里。所有人生来都身无外物,人与人之间也并无多大差距,为什么最终人会被分成三六九等?

其实香米知道,自己也没有必要太过纠结这些问题,她是相信命运的,反抗也无济于事。她明白,上天既然给了你一个这样的出身,你终究是无法改变,随后的路还是要自己走下去。走上一条怎样的路,也全看个人的选择。眼前的事是这个样子的,后来的事是什么样子,谁也说不准。

香米仍旧很烦恼,即使现在问题解决了,可是将来呢?陈有胜总不能养她一辈子吧,就算现在陈有胜对她再好,也不可能给她足够一辈子衣食无忧的钱吧。香米很清楚她是靠青春吃饭的,她终归要大学毕业,终归要走向社会,终归要人老珠黄,她不可能被陈有胜包养一辈子,那样的话,他还有包养的必要吗,干脆娶了她得了,而他这样的男人怎么会娶她回去呢?当她老了,丑了,他看都不会多看她一眼,他会继续寻找更年轻的女人来顶替她的位置。

在如今这个时代,她一个农村女孩怎么在这个大城市立足?本来大学生就业形势就这么严峻,她又是学哲学的,选专业的时候只是因为一腔热血,上大学后听老师和往届的学哥学姐说,这个专业除非继续深造能有个不错的前程,否则只会被成千上万的求职者淹没在茫茫人潮中,那时候她将何去何从?如果现在不早早地做打算,以后再考虑这个问题就晚了。趁着现在还有陈有胜这个靠山,她得为自己留一条后路。可是她又觉得自己与陈有胜只不过是暂时的交易关系,这种关系不会持久,而两年的时间还很长,谁也说不准其中会发生什么变故,她如果拿两年后的事情求他解决,是不是显得她太贪得无厌?

可是香米还是想试一试,她已经与陈有胜是那种关系了,还在乎他对她的看法吗?她打算挑一个合适的时机,探一探他的口风。

机会很快就来了。这天,陈有胜喝多了,酒到酣处突然提起了他的公司。他说几万人都在他手下,全靠着他吃饭,如果他把公司关了找个安静的地方享清闲,几万人都得去大街上要饭吃。他说得很夸张,语气里全是洋洋自得。香米暗想,就算他公司关门了,那么他的职工也会另觅良主,再找个饭碗,也不至于离开他就活不成了,难道他能垄断这个行业吗?但她早就习惯了他喝大了之后吹牛,不想较真,而是顺着他的话题问,陈哥,你公司这么大,有适

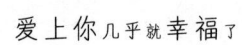

合我做的工作吗?

我养着你,你还需要出去工作吗?我给你的钱难道不够花的?陈有胜的回答很平静,听不出任何伪装和虚假。

香米不知道他是真糊涂还是假装糊涂,就说,陈哥你也不能养我一辈子啊。

是啊,你早晚要嫁人的,你老公会养你一辈子。陈有胜感慨道,他又喝了一口酒,没有看香米。

香米从这话中听出了一种即将分别的悲凉气息,这顿饭也有了一种饯别的意味,气氛也一下子冷了下来。香米的情绪却有点儿高涨,说,世界上的男人有谁比得上陈哥啊,有几个女人能有陈哥这样的老公啊。

陈有胜的目光直直地投向香米,她的夸赞使他脑袋一震,不相信这话会从香米嘴里说出来。

香米接着说,我是没有福气遇见像陈哥这样好的男人了,这辈子也就是个奋斗的命,只求上天保佑我毕业时能找个好工作。

可不能这样说。陈有胜终于清醒过来了,说,男人是天,女人是地,天的责任就是要盖住地。男人有义务承担起养活女人的责任,要是一个男人连女人都养不活,那他还有脸活在世上吗?他活着就是一个天大的笑话,哈哈哈。

并不是所有的男人都像陈哥你这样有魄力啊。香米显得有点低沉。

我不是正养着你么,你愁什么呢?陈有胜的声音提高了一下。

现在当然是陈哥养着我,可我还想永远留在陈哥身边呢。那么大的公司也不会多我一个人吧。香米不知道自己是不是出于真

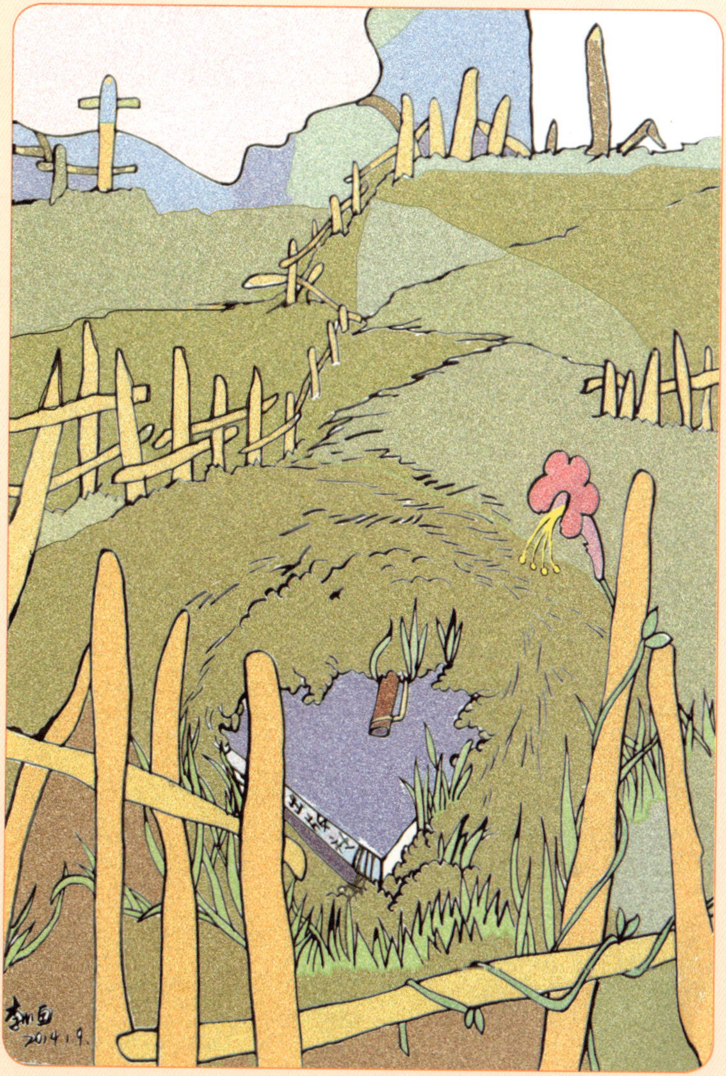
李川画
2014.1.9.

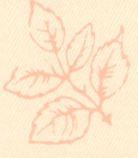

有一天，我们不得不坦然面对那些血淋淋的事实和真相，不得不硬着头皮处理那些我们一直以来所忽视和逃避的问题。是的，我们总要亲自去面对。

心才说出这话来的,但她豁出去了。

陈有胜听到香米夸他的公司又高兴了起来,说,这算什么呀,只要我一句话,岗位随你挑。不过小秘书就没必要了,咱这关系还用得着你去给我当秘书?要是去写个策划管个财务什么的,又不合你的专业方向,而且还那么累,能把你给委屈死,所以呢,在我身边陪着我,就是你的正式职业,不许干别的,听到没有?陈有胜说话的语气里尽是醉意。

这是香米没料到的回答,像承诺又像是敷衍,她竟一时语塞。

陈有胜亲昵地拍了拍香米的头,眯起眼睛笑着说,宝贝儿,这是世界上最好的职业,你说是不是?

眼前陈有胜的这张大脸,真是让人又爱又恨。香米失望地说,等我大学毕业那天,我也就失业了。

怎么会呢?你不要想太多,现在我们多开心,多快活呀。人啊,就要能快乐一秒是一秒,以后的事,就留着以后再说吧。陈有胜完全没有按照香米的思维来回答,一副顾左右而言他的样子。

常言说得好,人无远虑,必有近忧,我这么问陈哥也是人之常情啊。香米彻底不抱有希望了,声调里有一丝委屈。

陈有胜仍旧摆出那副招牌式的笑容,沉默着不作声,给人一种琢磨不透的感觉。香米很纳闷,在他手里那么容易办成的一件事,为什么他就是不肯?这就是他所谓的有感情基础的交往吗?为什么他处处表现得体贴入微,却在这个关系香米未来的问题上拐弯抹角?他不敢向她承诺太多,或者说他不敢对将来的事情作保证,因为他不愿意应允,不愿意许香米一个无忧的未来。他一定是怕了,他怕担责任,怕香米一辈子赖上他。香米明白了,她不该奢求太多，陈有胜要的是她的现在，回馈她的也只是她的现在，她凭什么要求他在意她的将来？他有什么责任去为一个情人铺平未来的道路？

香米想，即使人与人之间的关系再密切，也不可能好得不分彼此，何况她本来与陈有胜萍水相逢，他们之间存在着身份地位的巨大鸿沟，她只不过是他手中的一颗棋子而已。

一种巨大的荒凉和虚无感笼罩在香米的心间，她再一次感到人世的寒凉夹杂着绝望和无助向她倾轧而来。香米的忧伤又开始泛滥了。

22

翟丽的情绪越来越低落,因为游小素在宿舍里肆无忌惮地宣布着她和宋一博的进展,扯着嗓子做出一副炫耀显摆的架势。尤其是翟丽在旁边的时候,游小素就故意和宋一博打电话,更过分的是,游小素经常半夜还在煲电话粥。有时候齐莹莹和她的歌手男朋友也是这样,她们的声音在黑夜里一个比一个大,香米从小习惯了在吵闹的环境中仍然能够安然入睡,可是翟丽无法忍受。她向她们提出过抗议,可是情况没有丝毫好转。

翟丽躺在床上辗转反侧无法入眠,她发现当你讨厌某个人的时候,就越能感觉到她的存在,她的一举一动一声一息都会入你的眼,进你的耳,她整个人都会充斥你全身。游小素的身影就这样在翟丽眼前挥之不去,惹得她烦躁、郁闷、疲惫。

宋一博没课的时候,游小素还会把他带到他们班里听课,两个人坐在教室的前排中间位置,在老师讲课的间隙窃窃私语着,偶尔彼此对笑一下。游小素这样做无疑是要向所有认识她的人宣布,她谈恋爱了,而且是正在热恋中。对方是中文系才子。另一个目的就是把翟丽的自尊击垮,让她也知道一下她游小素的厉害。

恋爱中的女孩总喜欢把自己的喜悦展露在所有人面前,恨不得让全天下的人都知道她的快乐,她的甜蜜,尤其像游小素这种二

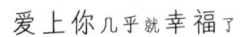

十岁才谈恋爱的女孩,更是渴望得到别人的羡慕和祝福。说起来,游小素从中学开始就一直渴望爱情到来,她也曾有过喜欢的男生,可是她喜欢的人连正眼看她一眼都不肯,爱情从来不曾在她身上停留片刻,她有的只不过是几段短暂而又有始无终的暗恋。

有的时候不谙世事的同学会直接问翟丽,你和你男朋友分手了吗?我刚刚看到他和游小素在一起呢。翟丽遇到这种情况恨不得马上消失,免遭这份尴尬之苦。

除了游小素刻意在翟丽面前时时表现她爱情的甜蜜之外,让翟丽心里不畅快的事情还有很多,比如游小素经常在宿舍里读宋一博写的情诗。

"当我吻上你的娇唇/亲爱的/你是蜜蜂/小小的毒针把我蜇疼/但我此生/心甘情愿/只为你一个人疼。"当游小素读这首诗的时候,翟丽简直不相信宋一博能写出这样的句子,关键是她不相信这是宋一博写给游小素的,矫情而低俗。

翟丽就生活在这样一个尴尬的夹缝之中,每天都要面对着同样的问题,每天都要被揭开鲜血淋淋的伤口,即使再阳光的人也会被逼疯。她觉得早晚有一天,自己会变成神经病的。琐碎而冗杂的时间会将所有刺向她的眼神和话语汇集到一处,待到某个成熟的时机,一迸而出,将她长久以来的坚守和镇静一并击垮。

她的烦恼不同于香米的苦难和悲恸,她被这些平常的、微小的事情紧紧缠绕,那种感觉就像一只蝴蝶无意间落到了一张蜘蛛网上,蝴蝶空有胡乱扑棱翅膀的力气,而没有逃脱出去的能力,这便是她的困境,看似微不足道,却有着致命的危险。

有一天晚上,游小素没有回来,翟丽的耳根终于清静了,但她隐约觉得游小素夜不归宿会和宋一博在一起,他们会发生什么呢?想到这里,她仍然睡不着,还为此失眠了一整夜。第二天,游小素是哼着歌儿进宿舍的,齐莹莹问她昨晚去哪里了,她说回家了,见翟丽也在,就故意又补充说昨晚带着宋一博去她家了,她爸妈都很喜欢他。

怪不得你这么高兴呢,原来都见家长啦……齐莹莹意味深长地说。

翟丽发现游小素朝她望了几眼,眼神冰冷而尖利,把她看得像是一块失败得不能再失败的抹布一样。

向你们宣布一个好消息,游小素说,一博的诗集就要出版了,到时候大家都有份儿。

那要举办庆功宴啊。齐莹莹附和说。

游小素开心地说,这是当然了,你们知道吗,我妈非常看好一博,可喜欢他了,说他将来必会前途远大。我妈准备为这本诗集也是全力以赴。现在要想正正经经地出本书,怎么着也得个几万块钱,好在这钱我们家全出了。

齐莹莹惊讶地张大了嘴巴,说,不会吧?宋一博用不着出一分钱?免费的午餐让他给碰上了?!

什么叫免费的午餐啊,就凭我和他这么实打实的关系,用得着那样计较么?游小素满不在乎地说。

小素,你爸妈对宋一博真好,看来这八成是准女婿的节奏啊。齐莹莹说。

我妈说了,只要他以后能继续对我这么好,出这点钱算什么呀。而且呀,当我妈一说要给他支付出版诗集的费用时,他高兴得给我爸妈鞠躬呢，就差要跪下了。游小素转过头对翟丽说，小丽，如果你和一博在一起，你爸妈也会拿出钱来给他出版诗集吗？

翟丽听了这话，想都没想就说，他出书为什么要我家给他拿钱？他是我什么人啊？

呵呵，话不能这么说啊，两个人还需要分你家我家吗？将来不是就成一家人了么。我爸说了，寒门出才子，这书必须得出！青春的岁月一晃就过了，这才华可不能随着时间的流逝而被埋没掉，这书需要多少钱都不成问题。

小素，以后你们两个人爱怎么样就怎么样，想出多少本书就出多少本，这些都与我无关，你也不需要想着法儿地刺激我，变换着花样让我嫉妒，让我吃醋。我是不会跟你抢的，不值得，他也不配。我和你在大学里相识一场不容易，况且四年同住一间屋子，这是多大的缘分我想你也清楚，我不想因为一个男人而使我们成为仇人，所以我恳求你不要做得太过分，只愿我们都各自本本分分的，做好自己应该做的事情。翟丽像连珠炮似的说了这些话。

游小素总算有些不好意思了，说，小丽，你别多想嘛，咱俩关系这么好，怎么可能成为仇人呢。我结婚的时候你还要去喝喜酒呢。

翟丽心里觉得好笑，才交往了几天啊，就这么快谈到结婚了？游小素真的要为爱情抛头颅洒热血了吗？

哟，都谈婚论嫁了，不错，你爸妈这是要招上门女婿呀？齐莹莹打趣地说。

莹莹，你怎么也老封建了？最主要的原因是我很喜欢他，而我爸妈又很疼爱我,所以只要是我喜欢的东西他们肯定也不会讨厌的。

那宋一博也像你喜欢他一样喜欢你吗?你们两个人之间的感情对等吗?齐莹莹说。

游小素一副无辜的样子,说,我感觉他也喜欢我啊。

感觉他也喜欢你?这只不过是你的感受而已,他该不会是喜欢你家的钱吧?

不可能,他肯定是喜欢我这个人的。游小素有点着急了,她向齐莹莹比划着,一博都给我写了好多情诗了,都写得好美啊,有些把我感动得快要流下眼泪了。

宋一博确实浪漫,也确实有才,但是使的招数与追小丽那时候一样,动不动就写情诗,就朗诵,这本来挺有新意,可是频繁使用就没意思了,应该再换一个创意嘛。齐莹莹说这话的时候看了沉默不语的翟丽一眼。

可是他写的诗和曾经写的不一样啊,传达出的感情也不一样,他给我写的诗清新、细腻、柔美,我相信只有真的动了情的人才写得出那么美丽的文字,写出那么感人的诗篇。

齐莹莹不解地问,怎么不一样了?我觉得那些句子都一个意思,不都是想你呀、爱你呀、忘不了你呀、连做梦都梦见你呀,不都一样吗,有什么差别啊?

差别可大了,莹莹,跟你这种不懂诗歌的人真是没办法交流,游小素撇了一下嘴,缓了一口气,接着说,虽然诗歌的意思都差不多,可是它们的每一个字、每一个词,都包含着不同的感情,都有着不同的寓意,有些词语只有我们两个当事人明白表达了什么意思,外人只是看到了表面上的东西,而不能深入地理解。

小素痴情起来真是十匹大马也拉不回来啊。齐莹莹只能以这样的话收场。

翟丽默默地听着她们两个人的对话,想明白了一件事,宋一博离开她的原因不是别的,正是她自己——她没有游小素那样能给她撑足面子的父母,她的父母也没有赤诚的爱才之心,她不能为他的梦想而承担一点责任,她无法像游小素那样给他铺一条广阔的道路,她甚至对诗歌也没有多大的热爱之情,不能像游小素那样与他倾心而谈,所以宋一博选择离开她也不是没有道理。或许,没有回馈,看不见未来的爱,根本就不适合现代这个高速发展的社会。爱情也需要发展,如果眼光狭隘,停滞不前,那么它终将会像一个被雨打落在地上的果子一样,还未来得及成熟就早早地溃烂。

23

那是齐莹莹第一次在出租屋看到她的男朋友陆凉和几个搭档在排练。之前她从来没有来过,她觉得排练是一件乏味而无趣的事情,她喜欢看他们在舞台上表演,完美而振奋人心。

对于陆凉,齐莹莹觉得他身上有一种特别的东西能让她的内心安静下来,尽管他的职业容易让人产生一种动荡和不安稳的印象,可是他清澈的嗓音,忧伤的微笑,以及深邃的眼神,都让齐莹莹再次找回了初恋的感觉。她知道他的优秀使得众多的女生迷恋他,在酒吧里、街头上,那么多女生为他呐喊,请他签名,他也来者不拒,热情地回应着她们的喜爱。

很多时候齐莹莹摸不准他的想法,他虽然没有明确地拒绝齐莹莹对他示爱,但他对别的女生也一视同仁般暧昧地微笑,有时还亲昵地与她们拥抱。有时候她会觉得陆凉从来没把她放在眼里,她也只不过是他的一个小粉丝而已。当然,陆凉怎么说也算是个小有名气的艺人,身边有很多人追捧自然再正常不过,齐莹莹与那些女粉丝相比,优势就是也懂一点音乐。她不只是倾听和崇拜他,还能向他畅所欲言地表达自己对音乐的体悟。

女人都是通过恋爱认识男人,通过失恋认识自己的。在齐莹莹的观念里,出现在她生命中的每一个男生都是打开她通往形形

色色的世界的窗子,他们性格各异,却都有着吸引她的魅力。她相信一句话"男人的一半是女人",同样,她也相信"女人的一半是男人",这个世界正是有了男人和女人才变得如此美丽和诱人。她从小就是优秀而讨人喜欢的,因此她的视野也需要不断地拓展,除了人为的训练以及书本上的知识,最有效的方式就是进入生活内部去,而参与生活最直接的手段就是与人交往,通过与不同的人交往,她不仅能够看到更广阔的世界,还能深入地看清自己的特质和潜力。

其实,齐莹莹不断更换男朋友的另一个原因是,在交往了一段时间之后,她会发现,他们带给她的新鲜感和兴奋点已经不足以继续支撑起她的这段感情,也可以这样说,她已经了解透了这个男人以及他所代表的一类人了,他带给她的世界已经完全呈现在她面前了,她需要给她的生活不断添加佐料,继续大张旗鼓地活着,而不是心满意足于眼前的小幸福而就此停滞。

齐莹莹是聪明的女生,她的心是不断向外延伸的。在这个过程中她不安分,她的激情需要释放,需要被认可,因此她一次次地把自己放进爱情的海洋里,不厌其烦地与不同性格的男人操练着各种各样的爱情模式,尽管她也知道有些交往并不就是真正的爱情,只不过是因为彼此存在一丝好感而尝试着在一起,甚至只是带着游戏的心态,当然很多时候也免不了打着爱情的旗号互相伤害。

一次次的分手之后,她也没有太多的悲伤,每次都是好说好散,微笑着了结。与前男友见了面也仍旧热心地打招呼,而不是像有些女生那样,一失恋就梨花带雨般哭哭啼啼,没完没了,然后再与对方鱼死网破,老死不相往来。尤其是有个别女生还因为失恋而想不开走了歪路,她更是不以为然。一段感情的结束并不代表一个人失败了,就算是跌倒了,也该从哪儿跌倒就从哪儿爬起来,更应该保持积极向上的心态继续寻求爱情来安抚受伤的心灵。世上的好男人多得是,怎么能在一棵树上吊死呢?爱情并不是生活的全部,它只不过是让生活变得更加有滋有味而已,而生命一旦逝去,一切就再也无法拯救,她们的做法真是愚蠢极了。

齐莹莹认为爱情是青春的必修课,每一次爱情的绽放都是心灵的一次放飞,因此她爱着,一直都爱着,不知疲惫地爱着这个令她新奇令她兴奋的大千世界。

齐莹莹虽然在思想上很开放,但她也有底线,如果双方不能维持一段时间,那她还是会主动放弃的。比如她和林安,本来对他的感觉很不错,时间一长发现共同话语太少,而且林安太意气用事了,从上次和宋一博的掐架就可以窥见一二,她需要的不是一个花架子,而是真正与她的灵魂进行沟通、带给她正能量的人。

陆凉骨子里的漂泊和叛逆的气质令齐莹莹着迷,她觉得他就像童话中的王子一样始终徜徉在她的梦境中,遥远而飘渺,看似近在眼前,但当她想要靠近时,却发现有点吃力。正因为这种稍远的距离使得他们之间多了一层隐隐约约的隔膜,这种朦朦胧胧的美在一向喜欢热烈奔放的齐莹莹眼中显得别具一格,更能令她产生美好的遐想。

按照陆凉以前告诉她的地址,她一路找到了这里——陆凉他们乐队的排练场地,是一个临时出租屋。这里是城市中最热闹的地方,大街上人来人往,车马喧嚣,寒风呼呼地刮着,时不时地有各种颜色的塑料袋在天空中飘来飘去,她仿佛置身于一个闹哄哄、乱糟糟的世界，但她心里是无比喜悦和温暖的。她走进屋子，看到陆凉和乐队其他人都在忙碌着，房间有些幽暗和简陋，地上杂乱摆放着一些物品，几把椅子东倒西歪着，几件用旧了的乐器散了架，横七竖八地躺在地上，墙上贴着迈克·杰克逊的海报。

吉他、贝斯、架子鼓在几个人的手中像玩具一样，得心应手，快乐四溢。陆凉撕扯着嗓子拼命弹唱着，其他人也不甘示弱。齐莹莹第一次看到陆凉如此奔放洒脱的一面，周身弥漫着一种与俗世之人不相称的野性和不羁。齐莹莹渐渐看呆了，这里有一个她以前从未见过的世界。她也越来越明白了，摇滚就是他生命的全部，音乐就是他存在的方式，舞台就是他绽放的天地，在这一刻，他就是自己的王。

鼓手是一个一头酒红色短发的女孩，明亮的眼睛闪着青春独有的光彩，身上散发出一种明亮炽热的气息，整个人似一团将要燃烧起来的火焰，是个让人看一眼就忘不了的女孩，她具有一种齐莹莹所达不到的美。架子鼓的声音一直回荡着，陆凉大声地嘶喊着，仿佛要把灵魂喊出来。那个短发女孩张扬的头发在鼓点声中舞动着，动作娴熟地配合着陆凉的弹唱，陆凉与她心领神会地眼神交错，整个过程堪称完美。

齐莹莹静静地站着，看着距自己几米之外的这一幕，从屋子里可以看到外面来来回回的人群和川流不息的车辆，她看不清人们的脸，听不到外面的喧哗。此时此刻她被深深地震撼住了，动感的节奏配合着热烈的歌词，疯狂、激烈而无拘无束。她突然发现陆凉的世界是自己完全陌生的世界，自己在这个地方有些突兀，她后悔走进这间屋子了。

一遍结束后,他们大声欢呼着,互相击掌、拥抱,陆凉与那个短发女孩像哥们儿一样抱在一起,互相拍打着后背。他们商量着为如此成功的排练而出去庆祝一下,大家都没有注意到角落里的齐莹莹。她不知此时该走还是该留,就等待着他们跟她打招呼。终于,陆凉喝水的时候眼角瞥见了她,立即招呼她过去。

你怎么来了呢。陆凉的声音传过来。

我闲着没事来看看你。她热情地说。

进来了怎么也不说话,就这么站着?

我怕打扰到你们排练。

你坐这儿吧。陆凉为她扶起了一把歪倒在地上的椅子,不好意思地说,没什么好的家具,你就将就着坐一下吧。

陆凉突然对着齐莹莹微笑起来,那么安静,那么优雅,跟刚才判若两人,完全不像在酒红色短发女孩面前那样随意从容。

齐莹莹心里先是感到一股暖流缓缓淌过,接着便感到了钝钝地疼。距离感,在这一刻生生地发了芽,噌噌地钻出地面,拔地而起,繁茂地成长了起来。一向骄傲的齐莹莹竟然忽然在陆凉面前自卑了起来,这在以往从来没有过,她突然意识到或许他们从来就不是同一个世界里的人。而她的爱情尝试也是有边界的。

陆凉对齐莹莹说,不好意思,今晚我们乐队还有事,你先回去吧,等我有空了再联系你。

齐莹莹本来就低沉的心情又沉了一下。

那个酒红色头发的女孩在旁边说,要不你跟我们一起去玩玩吧,热闹热闹。

齐莹莹备受感动,她感激地望了女孩一眼,热切地对陆凉说,

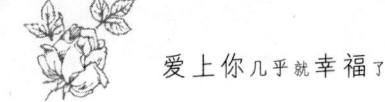

反正今晚我也没课,我和你们一起去吧。

今天就算了,陆凉转过头看了一眼那女孩,又看着齐莹莹,说,我们几个人还要讨论一些关于演出的事,可能会通宵,腾不出精力照顾你。

他云淡风轻的话字字落在齐莹莹心上,她长这么大还没有一个男生拒绝过她,从来都是她拒绝别人的份儿。如今,她把自己放得这么低,这么主动,他凭什么用三言两语把她拒之门外?她有一种挫败感,但她不服气,她哪里比别人差了?陆凉越对她不咸不淡,就越坚定了她得到他的决心。

24

香米意外地接到了父亲打来的电话。一般情况下都是香米把电话打到家里,父亲很少主动打过来。为了省钱。所以当香米看到显示的是家里的电话号码的时候,着实吃了一惊,不会是家里出什么事了吧?

香米,最近好吗,怎么也不打个电话回来?父亲苍老的声音夹杂着浓浓的乡音从好几百公里之外的家乡传过来。

挺好的。说完,香米的鼻子就一酸。她已经将近半个月没有给父亲打过电话了,她为自己的粗心大意悔恨。

钱够用吗?父亲低沉的声音里有一丝犹疑。

够用。父亲的问话很简短,却真真切切地扎痛了香米的心。如今陈有胜给她的钱早已足够支付起她的日常开支了。

你不用那么辛苦地勤工俭学,老是寄钱回家干什么?我是让你去上学的,不是让你去挣钱的。我还是能养活你们的。过一阵子我再出去打个工,添补添补,你姐俩的学费就够了。父亲絮絮叨叨地说着。

爸,没事,大城市不比乡下,这里有好多轻松的兼职,累不着,人家给的钱也挺多。我没课的时候偶尔过去一次就能多少赚一点儿。香米心虚地说。

电话那头沉默了几秒钟,接着传来父亲有点沙哑的声音,香米,你都做的啥工作?咋能好几千好几千地往家里寄呢?

香米心里一紧,慌张了起来。

我不是早就跟您说过了吗,我去别人家里做家教。他家的小孩在我辅导过之后进步很大,人家很有钱,看我生活挺困难的,就对我特别照顾,给我双倍的工资。香米虽然早就编好了一套应付父亲的话,但是说起来还是很难做到脸不红心不跳。

城里人能有这么好?香米听出了父亲语气里的不信任。

其实,自己遇到的城里人哪有这么好呢?她倒是希望她编的故事属实。可是她还是装出一副很天真的样子,对着电话里的父亲说,当然啦,世上还是好人多呀。

香米,你别委屈着自己,有什么事情就说出来,别硬撑着。

香米心里"咯噔"一下,父亲明显话里还藏着别的意思,难道父亲知道了什么?

我都挺好的啊,没受什么委屈,爸,你不用担心我,多关心一下弟弟吧。

真的吗?我听说……听他们说……

香米的呼吸仿佛要停止了,她的心快要从嗓子眼里蹦出来了。

爸,你听说了什么呀?香米给自己打了一下气,有意地提高了一下声音。

我听去大城市打工回来的人说,有些女大学生不学好,不好好上学,整天在外面瞎混……

农民工?父亲听农民工说的?仔细想想也是啊,农民工从乡下来到城市,什么事情看不见?什么稀奇古怪的事情不知道?他们就是把城市的信息带到乡村最直接的一批人。

爸,你怎么会这么想呢?香米感到自己正处在危机之中。

我听村前老张说,雇他干活的老板就是和一个正在上大学的姑娘搞对象,在工人面前一点也不注意影响,老张说得有鼻子有眼的……

哎呀,外面的世界那么大,什么人没有呢?这关咱们什么事啊。香米快速地整理了一下思绪,装作满不在乎地说。

香米,你……没和她们一样吧……父亲在电话里突然猛烈地咳嗽了起来。

爸呀,你想到哪里去了,我怎么会那样呢?从小到大你还不了解我吗?您就放一百个心吧。

可是……你寄回来的钱……有点多……咳嗽声一阵一阵地传来。

香米的心随着那声声咳嗽,也"嗖嗖"地疼了起来。最近天气转凉了,看来父亲感冒了,或者还发着高烧,而家里只有他一个人,这日子过得多苦啊。香米感到一阵难过袭上心头。

爸,我都跟你说了多少遍了啊,那些钱都是我自己辛辛苦苦打工挣的,你怎么跟我妈一样啰嗦呀。香米的语气里尽是不耐烦,一提到母亲,她的鼻子又开始酸了起来。

香米,你别生气,我就是随便问问而已,我怎么会不相信你说的话呢。父亲在电话那边小心翼翼地赔笑着,怕女儿生他的气。他听到香米提起了母亲,心里肯定也伤感了起来。

随后香米问了一下弟弟的学习情况,又叮嘱父亲病了要及时打针吃药,不要贪图省钱而耽误了治病,身体才是革命的本钱。父

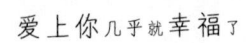

亲真的老了,像个小孩子一样对香米的安排都一一答应着,最后香米终于如释重负般地挂了电话。

正在她还为着自己逃脱险境窃喜的时候,翟丽却严肃地提出要和她好好谈谈。她们两个人有什么事情要好好谈谈呢?香米的脑子里装满了问号。

香米,我不相信这是真的。看着一脸严肃的翟丽,又听到她这么冰冷的语气,香米以为她还在为宋一博的事耿耿于怀,但看神情又不像,于是香米装傻。

什么真的假的啊?

香米,你别跟我装糊涂,你是不是有什么说不出口的事情瞒着我?香米一下子就明白了,她知道了什么。难道是宋一博告诉她的?不可能啊,他们早就分手了,两个人连面都不见了,怎么可能说她的事呢?肯定是翟丽瞎琢磨的,她没有什么证据,说不定只是在试探她呢。

小丽,你什么意思?我有什么说不出口的事情啊?香米决定来个死不认账。

那好,你不好意思说是吧,我替你说,你是不是和社会上的一些不三不四的人有不正当关系?翟丽仍旧冷冰冰的。

你在胡说什么呀?怎么可能呢?香米心中忐忑,但仍旧面不改色。

香米,我没想到,你竟然是这样的人!我在学校门口看见你了,就是上一个周末,你是不是进了一辆黑色轿车?翟丽步步紧逼。

香米那颗提着的心终于结结实实地落在了地上,看着翟丽那锐利的眼神,她想,看来真的逃不过她这一劫了。

她一改刚才那副誓死不承认的表情,调侃说,小丽,你调查得可真够仔细的呀。谁派你这个大侦探来调查我啊?花多大高价请你出山?

没有谁,是我自己好奇,所以,跟踪了你一次,没想到刚到学校门口,你就露馅了。

那你不觉得你是"狗捉耗子,多管闲事"吗?我做什么事情,为什么需要你来管?你这是侵犯了别人的隐私,你知道吗?香米很气愤,她凭什么理直气壮地说因为好奇而跟踪她?

我不这样觉得,我只是说出了我所看见的而已,而且你是我在大学里最好的朋友,我有责任关心你,替你着想。翟丽的语气柔软了一些。

听着翟丽如此真诚的话语,香米突然发现原来还有一个这么在乎自己的朋友,心里一热,惊慌和委屈一起从心底涌上来,她呆呆地望着翟丽,心中千言万语却不知如何开口。

翟丽接着说,告诉你吧,我没有刻意地去关注你,光我自己的事情我还顾不过来呢。只是你的行为与往常太不一样了,经常夜不归宿,问你的时候,你就说兼职做得太晚了就住在那里了,这个理由还说得过去。有一回整个白天你都没去上课,消失得无影无踪,晚上回来你说你在图书馆复习了一天,但你的精气神儿特别足,完全不像是学习了一天的样子。趁你不注意我看过你的书包,里面一本书也没有,只有一张音乐厅的入场券,和一个拆了口的红包,里面一叠钱。香米,这不能不引起我的怀疑,但我并没有立即质问你,我觉得是我多想了。之后我多次发现你翘掉白天的课离

开学校,别告诉我你是去做兼职了……

香米静静地听翟丽说完,本来她和陈有胜的关系正处于烈火烹油、不断巩固的大好时机,现在让翟丽说得她全身直冒冷汗,是的,她还做不到伪装得完美无缺,做不到把事情掩盖得滴水不漏。她为她所做的行为找的借口漏洞百出,她想不到自己的秘密会这么轻易地被翟丽血淋淋地揭穿,从她轻蔑的语气里一个字一个字地蹦到她耳朵里。

香米点点头,你说得没错。

太出乎我的意料了!香米,你怎么能走上这条道路呢?你这是堕落的前奏啊!你一旦迈错了一步,就是一辈子啊!翟丽一副忧心忡忡、痛心疾首的样子。

香米心如刀绞,她怎会不知道这是一条不归路呢?她为翟丽的好心劝告而感动。她苦笑了一下,说,我已经堕落了,哪里是什么前奏?凡事都有第一次,只有真正经历过了的人才有评价的权利。这条路有什么不好呢?我就是愿意让人家包着我,养着我。说着说着,香米有点歇斯底里了:这一刻她厌恶翟丽的样子,她何曾有过一次走投无路,她哪里知道自己鲜血淋漓的过去。

呸!翟丽厌恶地瞅了香米一眼,说,这话你也说得出来!真不害臊!

听翟丽这么骂自己,香米倒笑了。或许,骨子里她一直等着有人这么骂自己,用最肮脏最刻毒的语言骂自己。这么长时间以来,她一直都是自我责问,自我悔恨,把自己都逼到死角里喘不动气了,这时候有个人这么直言不讳地骂她,她感到心里很畅快。小丽,我的事情你就别管了,我既然走到这一步了,就已经把脸放在地上任别人随意践踏了。我没有退路了,所以你以后离我远一点,别玷污了你纯洁的心灵。

香米,能不能好好说话?我们这么好的关系,我能做到无动于衷吗?告诉我,你是不是有什么苦衷?是不是有什么难言之隐?他们逼你了?翟丽伸出双手握住了香米的手。

翟丽的话把香米拉回了那段痛苦的回忆,往事像放电影一样一幕幕地在她脑中回放,她多想对着这个真正关心她的好朋友大哭一场啊!可是把她的过去都抖搂出来,就能摆脱掉现在这种黑暗的生活了吗?她知道这根本不可能。所有的痛苦她只能自己一个人来承担,所以她轻轻推开翟丽伸过来的手,说,小丽,实话告诉你吧,我是自愿的,我过够了贫穷的生活。自从上了大学之后,不管是在宿舍里,还是走在校园里,我都感到无比的压抑和痛苦,我活得不像一个正常人。这种苦不堪言的日子,我受够了!有时候我甚至想到了死,站在楼顶上,看着校园里热闹的人群,欢笑的情侣,全都是生机盎然的样子,而我,站在最高处感到的全是孤独无依和绝望无助。我真想跳下去啊,可是我不甘心,不甘心就这么悄无声息地死了,我的家庭也不允许我这么悄无声息地死了。我只有去找一条新路。

有那么绝望吗?所有的问题都是可以想办法解决的,死只是懦弱者逃避问题的方式,除了去死,也不至于无路可走啊。

香米看着在自己面前像一杯白开水一样透明的翟丽,微微一笑,说,小丽,你和我不一样,你永远无法体会,所以你也就不会懂。我是真的走投无路了。

你这是为自己开脱吧?香米,那么多正道你不走,偏走那条歪

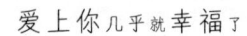

门邪道？如果你需要钱，大可以找兼职去做啊！我们学校这边机会这么多，你完全可以凭着自己的双手劳动的。

你以为我没做过兼职？摆地摊、发广告、端盘子……哪样我没干过？可是我用自己的双手辛辛苦苦地付出了那么多，有过回报吗？那些体力活儿赚的几块钱能养活我吗？能解决我家的问题吗？想到父亲住院时候的一切，香米的眼泪一下子就冲上了眼睛，她拼命地摇了摇头，不让自己去想那个黑暗的夜晚。

就算生活处处都不如意，也不至于出卖身体来赚钱吧，这跟动物有什么区别？不，动物不需要买卖关系，而你们则是钱和身体的交易，真恶心，亏你还是学哲学的大学生，你还有没有道德了？

小丽，那我问问你，什么是道德？自古至今，它从来就没有一个标准的答案，多少人被它的假面具套得死死的，终生跨不出去半步？又有多少道貌岸然的人满嘴仁义礼智信，可是他们做的事情有一丝关乎道德吗？至于你说我出卖身体赚钱，这有什么不对呢？有买就有卖，既然人家出钱了，我为什么不把身体交出去呢？这是双方公平交易，是你情我愿的事，还有，你以为我们之间就没有感情了吗？

这跟……做鸡……有什么区别！香米，你颠覆了我想象的极限，你竟然会是这样的人！翟丽满脸写着不敢相信的痛心疾首。

翟丽越是在她伤口上撒盐，她就越感到无所谓。反正伤口已经溃烂，再在上面撒盐又有何妨呢？要痛，就来得更彻底一点吧。她说，这样说吧，妓女是一种职业，她们接待各种各样的客人，没有任何感情，只有交易。而我和她们不一样，我们是专一的情人关系。很多人认为一个年轻的女孩走上了包养这条道，是贪图享受、道德堕落，但为什么就没有人说，男人也是贪图享受，道德堕落呢？而且，别以为只有男人才需要性满足，女人同样也是。别以为女人都是清高的，女人的优雅和端庄只是假面。男人更是，道貌岸然之下，就是赤裸裸的性要求。

真下贱，真让人看不起！我怎么会认识你这么贱的人，真不敢相信你是个欲壑难填的人。翟丽咬牙切齿地说，字字如针狠狠地扎在香米的心上。香米千疮百孔的心被好朋友重新揭开，疼得无以复加，但她居然享受这种疼，这种痛彻心扉的感受让香米觉得在自己一直走的那条黑暗之路上，忽然多了一个萤火虫。但她没法向翟丽表达这些，她不能说自己的经历，那才会真正吓着她的。香米也不想为自己辩护，生活何曾因为弱者的辩护就网开一面过。香米只能玩世不恭。

小丽，我要是在乎别人的看法，那我不得死了几万次了？我已经学聪明了，人活着，能快乐一秒就快乐一秒。你看我被大老板包养着，既能享受着身体上的愉悦，又能得到大把大把的金钱，我何乐而不为呢？

香米，我知道你内心里其实是不愿意的，你是迫于生计才不得已而为之。我真心劝你，早早地收场吧，一切都还来得及。有一句话说得好：不忘初心，方得始终。香米，只要你肯下定决心，我相信你能够很快走出这段不愉快的经历的。翟丽用温和的语气劝她。

我是不会退出的，起码现在不会。他对我很好，再说，我还没赚够钱，你不用劝我了。

翟丽马上接上她的话，钱有那么重要吗？没有钱，我们一样可以活得很开心。

真是好笑,钱不重要么?没有钱,香米寸步难行啊。香米苦笑着说,小丽,没有钱,我会活不下去的,我的学费、生活费、父母生病就医的费用……这些都需要钱。我一个从山沟里来的乡下人,没钱在这个大城市里怎么能喘得动气?有钱多好啊,可以穿漂亮的衣服,可以买任何自己喜欢的东西,可以住上宽敞明亮的大房子,可以昂首挺胸地走在大街上,可以勇敢地追求喜欢的男生,可以风风光光地活着。有了钱,我爸在村子里就能不再低眉顺眼、看别人的脸色,就能挺直了腰板、扬眉吐气地走在他们面前。你能说钱不重要么?

翟丽沉默地望着她,不知该说什么好。

香米自顾自地说着,如果人无法最大价值地活得有意义,让生活变得丰富多彩起来,那么就只能跌入被别人围困的不堪之地中,终而陷入绝境,无法自拔,所以我要尽自己所能去争取我所应该得到的东西。

你说你这个样子是有意义的生活吗?你现在难道不是正处在绝境上吗?就算你得到了许多的钱,可是这样活着何尝不是行尸走肉呢?有意思吗?翟丽觉得香米简直不可理喻。

香米叹了口气,说道,对于你来说,这样的生活就是不思进取,就是堕落,但于我来说不是,我只有这一条路可走。钱,是我这辈子的宿命。就拿你来说吧,宋一博不就是看上了游小素的钱才离你而去吗?你难道真以为他是真心爱上了那个胖妞?他是冲着她的富有去的,她家现在能给他拿钱出书,将来恐怕他爸的公司也得给他吧。

翟丽立刻反驳,你干吗要提他,你的性质和他并不一样,他并没有出卖身体。

香米冷笑了一声,说,怎么不一样?好吧,暂且说他比我高尚,可不是么,他现在只是出卖了感情,可是他们俩已经在一起了,保不准哪天也把身体献出去,归根结底难道不是一回事吗?不都是为了钱吗?他有个诗歌的梦想做挡箭牌,就高尚了吗?那我也有,我有家庭的责任感!

真是无可救药!作为你的好朋友,我已经尽我最大的努力挽救你了。翟丽不想跟她多说了。

香米摇了摇头,说,不要说什么挽救不挽救,在这个世界上,谁也无法拯救谁。每个人都有自己的劫难,只有自己能救自己。对我来说,跟钱有关的一切,就是一片汪洋大海,别说风暴、海啸,就是一个大浪,随时都能灭了我。我要不抓住一条小船让自己上岸,就只有葬身海底一条路。任何人也帮不了我。小丽,你永远不会懂。

翟丽用迷惘的眼神看着香米,她认识和喜欢的那个单纯淳朴、乐观阳光的香米去哪儿了?她分析宋一博与她分手的原因也非常在理,就是因为游小素家里有钱。这人怎么都这样了呢?原本那么美好善良的人,因为钱,全都变了个样儿。她无奈地叹了口气。

其实我们每个人初闻世界时都清澈如水,心怀坦诚,无忧无虑,然而生活的疼痛让许多人披上了伤疤做成的外衣,忘却了新生时我们都曾肤如凝脂,完璧无瑕,我们已经感受不到只如初见的美好了,只能一步步随着世俗的大潮被迫前行……

25

周日下午陈有胜送香米回学校,他们在学校门口不远处下车后例行拥抱了一会儿,她知道从边上经过的大学生看到这一幕会投向他们鄙夷和不屑的目光,但不知道为什么,自从跟翟丽聊过之后,她对这种目光就具有了前所未有的抵抗力。那些目光越尖锐,她心里就感到越痛快,越想展示自己的幸福。是的,这就是幸福,一种只属于香米的幸福!

可当香米快走到校门的时候,却突然懵了。她看到父亲正站在距离她十米左右的地方,眼睛直直地望着她,像在看一个从来没见过的陌生人。她在那一刻全身上下没有了力气。她停住了脚步,也呆呆地望着父亲,进退两难,也不知道说什么好。

她能够感觉到父亲眼中的不解和惊讶。她变了,最直观的是她的外表,与半年前的暑假相比,在父亲眼中她确实发生了几乎天翻地覆的变化:原来一头亮丽乌黑的秀发经过染烫变成了褐色的波浪大卷,白皙的脸庞上多了一副金色边框的精致眼镜,一条细细短短的丝巾绕着脖颈围了一圈,低领的黑色紧身羊毛衫外面是一件火红色的风衣,它在寒风中飒飒飘舞着,一双高跟的白色皮靴紧紧地包裹到小腿肚,胳膊上挎着一个金光闪闪的小巧皮包,俨然一个标准的城市白领形象。父亲根本不可能把眼前这个时尚女郎与自己的女儿联系起来。

他的女儿香米怎么可能是这个样子呢？她应该是扎着一个粗粗的马尾辫，穿着厚厚的棉袄，宽松的裤子，脚上是一双黑色或是棕色的大棉鞋，肩上背着一个学生式书包，脖子上围着一条用毛线织成的宽而厚的长围巾，可能是大红色的，农村人都兴戴这种颜色，喜庆、吉利，能够把半张脸都包起来才暖和。这副装扮才是乡村女孩香米该有的啊，短短的几个月时间就能把一个活生生的人完全变了个模样吗？

对于香米来说，几个月的时间让她发生的改变何止是外在呢？几个月前，她哪里会知道原来生活中有这么多人走投无路，人性中充满着这么深的矛盾，美好中蕴藏着这么多的丑陋，笑容里掩埋着这么锋利的刀子啊。

还是香米先开口叫了一声爸，说，您怎么来了呢？什么时候来的？怎么不打个电话？

父亲愣了好一会儿，随后一个响亮的耳光甩到香米脸上，眼镜在空中沿着抛物线轨道滑过，然后无辜地跌落到地上。

香米知道她最担心的事情终于发生了。自从选择做陈有胜的情人之后，她最怕的就是被父亲发现。她早就打算好了，等攒够了弟弟上大学的学费，她就结束和陈有胜的关系，这一定要在父亲发现之前，她想一辈子把这个秘密藏起来，不让家里人知道。可是，眼前的事实是，父亲亲眼看到她和陈有胜抱在一起了，他要是知道她还和他睡在一起，以父亲的禀性，抡起一把斧头朝她劈来也说不定。

香米下意识地捂住被打的左脸，沉默地流着眼泪。

这是她长这么大第二次挨父亲的巴掌。从小到大她总是被村

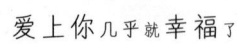

里人夸奖,那些大叔大婶们都夸她乖巧,听话,从不给父母惹是生非,听得多了她也觉得自己是一个乖孩子。第一次挨打是收到大学录取通知书的时候,她对父亲说自己不去上了。可那次挨打是因为爱,是因为相依为命,香米心里不疼;这一次,她知道,父亲打她是因为伤心,是因为耻辱!脑子里冒出这个词的时候,香米真是心如刀绞。

　　父亲咆哮着,看看你是什么样子?那个男人是谁?你为什么和他搂搂抱抱的?你说啊!父亲愤怒地用手推了她一把。香米从来没见过老实懦弱了一辈子的父亲发这么大的火。

　　香米痛苦地闭上眼睛,眼泪流到了嘴里。她没有说话。

　　父亲紧紧地皱着眉,突然抱着头蹲了下来。

　　香米,我坐了一夜的火车,就是来看看你,谁料到看到的是这么一个结果,你对得起我这把快散架的老骨头吗?

　　香米走过去蹲下拉父亲的胳膊,说,爸,我错了。

　　父亲把手放下来,抬起头望着香米,说,我早听他们说有些农村女孩到了大城市就去干不正经的事,这俩月你向家里寄了那么多钱,我就怀疑你是不是也在干这种事,但是我不肯相信,我的女儿随我,怎么可能去做那种事情呢?我就寻思着闲了就来看看你过得好不好,结果呀……父亲猛地站起来,因为蹲的时间长了,又一下子跌坐在地上。

　　香米赶紧想把父亲扶起来,却被父亲一把推开。

　　我白养你这么大了,你看看你都成什么样了!还有一点儿大学生的样子吗?小妖精!勾引男人的小妖精!你这个样子要是让村里人知道了,你让我这张老脸往哪里搁!你让我怎么向你娘交代！你这是要了我的命啊！

父亲声嘶力竭地喊着,眼睛里泪光闪闪。香米死的心都有了,她无声的哭着,眼泪在脸上流成一条小河。她能够理解父亲失望和难过的心情,可她的悲伤和挣扎谁又能体会得到?

爸,我也是为了挣点儿钱,上次你住院没钱交费,我实在是没办法了……

还成了我的责任了?是我把你往火坑里推的?我就是死了也不用你那些脏钱!父亲仍旧大声地吼着,我怎么也没想到你竟去昧着良心赚那种钱!早知道就应该让我去死!

爸,其实……我们也不只是那种关系,我们……也有感情……香米啜嚅着说。

去你的感情!他多大了,你多大了?人家大老板把你当猴耍,耍够了就扔到一边去,你不清楚?父亲厉声说道。

香米忍受着内心的煎熬,抹了一把眼泪,小声地说,我已经这样了,爸,你就当……就当……他是……我男朋友……

父亲惊讶地看着香米,他想不到香米竟会说出这样的话,心里的火气顿时又蹿上来了,你知道做人最重要的是什么吗?是羞耻啊!正儿八经的对象你不找,去和那种人搅和在一起干什么呀!我怎么会有你这么一个女儿!

父亲气愤到了极点,他大声吼着,是不是他强迫你做的?走,带我去找他!我要向他讨一个公道!不行就报警,看我们农村人好欺负还是怎么着!说着就拉起香米的胳膊要去找陈有胜算账。

香米极力挣扎着说,爸,你别这样,其实,我们在一起也没有多大的坏处,他对我挺好的,给我的钱也很多。

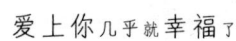

你就知道钱!为了钱,你什么都不要了?你一个女孩,以后还要不要嫁人了?香米,咱们人穷志不短,就算是要饭也比当婊子强!你这是自己害自己啊!说到底,也确实是你爹无能啊!父亲老泪纵横,哭出了声。

香米这才发现不知道什么时候,自己身边已经围了越来越多的人,他们两个人已经被包围起来了。香米朝着人群大声吼叫着,看什么看!没见过吵架的!然后就拉着父亲往旁边走。

父亲这时声音也低了下来,语气缓和了一些,说,香米啊,我知道你娘走了之后,咱家的事儿难为你了,可就是再难,咱还是要靠自己的双手赚钱啊!你这么年轻,又是大学生,走正道怎么会赚不到钱呢?好好听爸的话,赶快把这件事给处理掉,跟那个男人一刀两断,安心好好上学。爸再加加班,等你毕业找了工作,日子就好过了。

香米使劲儿地点点头,答应着。

父亲说他该走了。香米挽留他吃过饭再走,他摆摆手,说,我已经让你气饱了。他从墙根拿过来一个大袋子,香米一眼就看出里面装着棉被。父亲说,给你带了一床被子,去年听你说被子太薄,冬天不暖和,这床被子还是我和你妈结婚时候的,一直没舍得盖,想将来给你当嫁妆。我仔细寻思了一下,出嫁还是几年后的事情,先给你拿来应应急。

香米的眼泪又顺着眼角流了下来,她接过父亲手中的大袋子,抱在怀里,当她的手碰到父亲的大手时,仿佛被扎了一下。

那是怎样的一双手啊,和泥土有着同样的颜色,和大地有着类似的裂缝,和沙石有着相仿的质感,厚重、粗糙,那双手写满了世事的磨难,画满了生活的艰辛。她不自觉地想到了陈有胜的那双手,那双在她身体上如鱼得水般畅快游走的手,那双解开她女性身体密码的手,柔软、干净、优雅。说起来父亲和他年纪差不多大啊,他们的手竟会是天壤之别的差距!

父亲走了,走之前不断重复强调,让她立即了断和陈有胜的关系,否则他就当没有她这么一个女儿。父亲蹒跚的脚步让香米突然想起来,他那次在建筑工地上从高处跌到地上是落了残疾的。父亲真的老了,背已经驼得厉害,头发也白了大半。

这是父亲第二次来香米的学校,第一次是来送她上大学那时候,那次他们也是坐的晚上的火车,因为晚上的车票比白天的便宜,还可以省去一夜的住宿费。但晚上的车走得特别慢,他们差不多用了一夜才到达这座城市。一路上,父亲为了保护好给香米准备的生活费和几个行李,一夜没有合眼。校车把他们从火车站接到学校,一下车,香米就如同走进了另一个新奇的世界,这么大的校园,这么美丽的景色,这么热闹的场面,而她和父亲每个人背着一个装满行李的大袋子,就像初次进城的农民工一样灰头土脸、落魄不堪。很多异样的目光都投向他们和他们那些邋遢、丑陋的行李。天气炎热而沉闷,父亲陪着她为报道的种种问题跑前跑后。但那时候,香米没有自卑。以后很多次,香米都想念那个时候的不自卑的香米,纯净的眼睛里都是自信和对未来的向往。她知道,父亲也喜欢那个香米,可是他们都不知道那个香米什么时候就走丢的……

一个星期过去了,香米没有和陈有胜再见过面,因为陈有胜到外地出差去了,香米清闲了下来,但她感觉仿佛生活中少了一些东西,心里也空落落的。她发现自己已经把与陈有胜在一起的日子

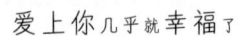

当做生活中不可或缺的一部分,好久不见他反而觉得不适应。她一直在纠结着要不要听从父亲的话离开陈有胜,要不要把自己还原回几个月前干干净净、清清爽爽的自己。但是她还能是原来的自己吗?她还能天真而单纯地爱这个世界吗?不,她回不去了,回不到那个虽然生活辛苦却心灵干净的青春岁月了。

就这么结束她这段不长不短的包养生涯吗?就这么放弃现在无忧无虑的生活去把曾经那些穷困潦倒的苦日子再走一遭吗?

她尝到了做有钱人的甜头,就不甘心再做穷人了。她讨厌因为缺钱而被人看不起,讨厌为节省几毛钱而在一顿午餐上精打细算,讨厌看着别人穿着新衣服在她面前像骄傲的公主的感觉。香米也想不依靠这种关系、不依靠男人而过上衣食无忧的生活。但是现在,情况比她想象的复杂得多,一方面她离不开陈有胜带给她的物质享受,另一方面她迷恋上了这个成熟男人赐予她的无限关怀和疼爱。

她无法履行对父亲的承诺,要她退出,她做不到。

但她也渐渐地发觉了这样一个事实,那就是男人是永远不会满足的,他一旦得到一个女人,便不再像没得到之前那么热情了。香米清楚,自己只是个穷学生,除了拥有一个年轻的身体之外别无所长,比她优秀的女孩遍地都是。陈有胜凭什么偏偏对她情有独钟呢?

这么想是因为,最近香米觉得他开始吝啬他的钱了。就说她向陈有胜提出要报名参加学校体育学院办的一个健美班的事吧。那个健美班是聘请了国家一级教练来学校开设的,自愿报名,按月缴费,每周上一次课,一个月两千块钱。齐莹莹和游小素都报名了,用她们的话说就是,美体健身等不得,现在还能用钱买来好身材,等过了三十岁,就岁月无敌,岁月无价了。翟丽的家境没有她们两个人好,而且翟丽身材也很不错,用不着上健美班。如果没有陈有胜,香米是想都不会想的。她对陈有胜说了,而且她自觉有十成的把握他能够同意,结果,没想到,陈有胜想了一会儿说,这个健美班没用,乱收费还学不到东西,上不上都无所谓,还是不上了吧。香米完全没想到他会拒绝,心里想,既然上不上都无所谓,他怎么不说去上呢?

香米还想继续争取,就撒娇说,我们宿舍里的同学都去了,我也想去嘛。

那你说,有什么用啊?陈有胜瞪着眼睛望着香米,香米被堵得半天说不出话来。

可以塑造体形啊。香米决定一条道走到黑。

你的体形已经很棒了,不需要再塑造了,所以学那东西没用。陈有胜像哄小孩子一样。

没用?陈有胜竟然这样敷衍她了!如果照他这个思路分析的话,他自己有老婆,是不需要女人的,那还找情人干什么?那他包养女大学生有什么用?那他让香米来这里陪他有什么用?

香米心里很不痛快,但她也知道,在陈有胜面前,不能太任性。她只好无精打采地说,嗯,好,我不去学了。

陈有胜看出了香米的不情愿,就拉过她的手,轻轻地拍了拍,说,现在金融危机,公司的运转情况也不是很顺畅,宝贝儿,没必要花的钱还是不要花了,你为我着想一下,好吗?

话都说到这个地步了,香米只能点头妥协了。香米知道,他有数都数不过来的钱,金融危机和两千块钱放在一起当理由,实在

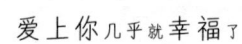

是经不起推敲。而且,就算公司运转紧张,那有必要从香米身上省吗?说到底,陈有胜是心疼他的钱,不舍得把钱花在她身上了。香米知道,只要一个男人不愿意为你花钱了,你在他心里的价值就已经大打折扣了。她想起了以前陈有胜为她大把大把花钱的时候,没有一丝一毫的犹豫,这才多久啊!

香米想了想,她也没做错什么事情啊。穿衣打扮、待人接物,香米都按照陈有胜喜欢的样子去做。即便是只有两个人的时候,说话做事,香米都察言观色,陈有胜不喜欢的话她绝不说。甚至在床上,香米都是百般迎合。陈有胜在那方面是老手,花样多,香米一个人的时候,想起来都会脸红。香米不明白,自己怎么在陈有胜那里就贬值了呢?

其实,一个男人不喜欢一个女人了,不一定是女人做错了什么。从猎奇开始的游戏,必定会因厌倦结束。

男人开始变了,一定是女人很久没变了。香米忘记在哪里看到过这句话,但她想了想,这话确实有道理,所以她就开始琢磨,为了保持对他的吸引力,自己是否也要改变一下呢?

26

自从上次看了陆凉的排练,齐莹莹又去找过他几次。在她的努力下,陆凉有时候也会主动叫她一起出去玩。虽然他们的关系并没有火速的进展,可齐莹莹发现,在爱情中,或许只有两个人保持一定的距离,才可以走得更长久一点。那种若即若离的感觉,比朝朝暮暮更振奋人心。淡淡的,却令人流连忘返。

她对宿舍里其他人宣布了她的计划,过一阵子她要请假跟着陆凉去青海,她要去看青海湖。那是地球的一滴眼泪,澄澈的湖面、悠远的蓝天、漫卷舒展的长云和草原上迷人的牧歌,美得不可思议。关键是,那里是陆凉的家乡,是他挚爱的地方。齐莹莹爱他,所以她想去那里看看,体验他的童年记忆,探访他的艺术源泉。她说,一生中也该有这么一次远游了,放下自己的生活,放下世俗的纷扰,只朝着一个方向,一个地点。

关于青海湖,关于那里产生的那首著名的歌《在那遥远的地方》,香米倒是知道一点的,正因为王洛宾那缠绵悱恻的爱情才使得这首歌世代流传,也唯有这方净土才能产生那么美的旋律和歌词。爱情和自然交融,就会产生世间美好的艺术。是谁说过,行走,是一件落魄的事情,与心爱的人一起携手行走,即使落魄,也是一种幸福的落魄。

爱情就如同一场未知的冒险,没有人会事先知道结局,但正因为这种神秘莫测的感觉,就更值得期待,更值得为之勇往直前、不顾后果地闯荡一番。齐莹莹早已经满怀期待了。

游小素忽然变得深沉起来了,说,莹莹,爱做梦的女人是可爱的,而在爱情的梦中一睡不醒,也是件难得的事情。祝福你。

最近,宋一博的诗集出版了,游小素的爱情喜悦可想而知。她给齐莹莹、翟丽、香米每人一本。递给翟丽的时候,游小素说,这里面都是一博写给我的情诗。

翟丽脸上礼貌的微笑僵硬着,说,谢谢。她知道游小素又在刺激她,又在炫耀自己的胜利。但翟丽心里早已经决定放开宋一博了,游小素配不上她的嫉妒。

诗集叫《爱在人间》,第一首就是宋一博曾经写给翟丽的,往后翻了几页,都似曾相识。只有少量是新写的,但风格都差不多。翟丽心里头冷笑着,更加觉得宋一博不值得自己留恋,游小素不值得自己嫉妒。她不愿意相信香米说的,爱情和钱有难解难分的关系,但眼前的事实和亲身经历,又似乎无时无刻不在说服她。唉,爱情的浪漫、忧伤、喜悦;情感的真真假假,不过如此。说到底,爱情的缘分,不过是聚散而已。

27

当香米看到早孕试纸上出现两道紫红线的时候,差点昏过去。从前几天开始她就开始感到恶心,总是想吐想睡觉,脚底下软绵绵的。想到例假也推迟了快半个月了,她就慌了,赶紧去药店买了早孕试纸。结果一出来,她第一反应就是自己这辈子最黑暗的时刻终于到来了,这是她最恐惧的事。现在真是走夜路遇到鬼,怕什么来什么啊。

香米知道,肚子里的这个小生命看似微不足道,但它就像一颗定时炸弹,指不定什么时候爆炸了就会把香米炸得粉碎。女大学生怀孕,想想这样的话题香米都觉得不寒而栗。她暗自思忖,坚决不能拖着,必须要打掉,但如果陈有胜想要这个孩子,想娶她呢?

香米六神无主,大脑一片混乱,她心潮澎湃地拨通了陈有胜的电话。电话打了三遍,陈有胜才接起来,香米顾不得问他为什么这么久才接电话,就急切地把怀孕的事情说了。

陈有胜在电话那头沉默了几秒钟,然后平静地说,我现在在外地出差,一时半会儿回不去,你自己去医院打掉吧。

香米以为他听到这个消息会高兴,还设想了好多陈有胜会说的甜言蜜语,至少他会感到惊讶,但没想到他竟这么淡定地给了她这样一个答复。她仿佛一下子掉进了冰窟窿,全身冷得瑟瑟发抖。她颤抖着声音,问,哥,我等你回来好吗?哥,我害怕……香米呜呜地哭了,她第一次叫他"哥",而不是"陈哥",现在他不仅是她的情人,更把他当作亲人了!

陈有胜也意识到自己的态度太冷了,赶紧安慰她说,宝贝儿,这种事处理得越早越好,如果耽搁了,胎儿一旦成形就不好办了,你也太受罪,别怕,忍一忍就过去了。

香米流着泪,艰难地说,哥,我能保住这个孩子吗?她不知道自己什么时候冒出来的这个想法,或许她只是想做一个试探。

呵呵,香米,你别犯傻啊!陈有胜竟然笑了起来,他说,我们是什么关系你不知道吗?怎么能要孩子呢?香米听得出来,陈有胜说这话的语气更像是一道命令,容不得她有一丝反驳。

他们的关系?这是一种什么关系呢?仅仅是情人关系?不能要孩子?是啊,你生个私生子出来不是明摆着想贪图人家的财产吗?香米明白他的意思了,原来他始终没有想过要娶她,一切不过都是她自作多情罢了。

香米心中仅存的那一丁点幻想完全破灭了。

见香米在电话那头沉默着,陈有胜的声音更柔和了起来,宝贝儿,你就按我说的办,等我回去好好补偿你。我这边还有事,先这样吧。说着就匆匆挂了电话。

香米像是刚刚打了一场败仗,头重脚轻,昏昏沉沉的。这就是男人吗?这就是口口声声说爱她的男人吗?是他变心了还是他自始至终都没有对她动过真心?

但是除了打掉还能怎么办呢?这一路走来,香米已经认命了,命中的劫难,是有定数的,已经早早地在某个必经的道路上等着你了,你想躲也躲不掉。

香米是在迷迷瞪瞪的状态下走上手术台的。她本想让翟丽陪她来,怕万一自己手术后虚弱得走不动路,至少还有个人搀扶她一把,可是她最终还是没有告诉翟丽的勇气。她丢不起这个人。被包养已经让她在翟丽面前抬不起头了,再对她说又怀上了孩子,这不就跟在大街上一丝不挂地裸奔一样了吗?

她还想到了田逸,但是这个时候她哪还有脸去见他呢?

在手术室外面的走廊上,她看到一个个年轻女人苍白着脸、皱着眉头、捂着肚子从里面蹒跚着走出来后,立马都有一个男人迎上去。她再看看自己,孤零零的一个人。其实在以往的生命中,她不论做什么重要的事情,何尝不是一个人?她从那些女人痛苦的表情中,预知到过一会儿自己将要承受的疼痛。她再次感受到了当初独自去找陈有胜时的那种绝望,但是她竭力控制着自己,一次次地进行深呼吸保持平静。

香米静静地躺着,听到各种金属器械发生碰撞的声音,闻着浓烈的药水味,她脑子里一片空白,恐惧到了极点。她注意到医生手中那些剪刀、钳子以及一些叫不上名字的打胎工具都冒着白色的光,一股股寒气笼罩着她全身。她知道这些冰冷锐利的器械一会儿就要在她身体里施刑、一点点地撕扯她的血肉。

那个在她身边做准备工作的护士看出了香米的紧张,问,小姑娘多大了?

香米牙齿打着颤,说不出话来。

医生又说,看你也不大,还是个学生吧?我女儿和你差不多大,没有一个母亲希望自己的女儿躺在这里承受这种痛苦,你来这

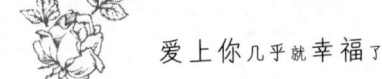

里你父母都不知道是吧?

香米的眼窝一下子就热了,泪水忍也忍不住。

医生手里忙着,嘴上却也不停,我总是对我女儿说,谈男朋友不要紧,但要学会自重,要珍惜自己,懂吗?小姑娘,你以为过了今天,这场手术就能够完全抹掉你人生中的黑点了吗?你以为手术就像橡皮擦一样,可以轻松擦掉成长中的错误吗?这是刻在你生命里的,永远都抹不掉。这种伤害,会给你造成一生的阴影,这些你之前都想过吗?

香米恍然觉得,自己并不是来做手术的,倒像是来接受思想教育的。但此时,这个医生的唠叨和教训多亲切啊,除了那个越来越冷漠的陈有胜,这个世上还有谁能知道香米这么隐秘的经历呢?香米忍不住深深地看了一眼白口罩上的眼睛,充满感激。她一路走到今天这一步,怎么会不知道这些伤害是永远不可抹去的呢?可除了忍耐着硬扛过去还能怎么办呢?

她一动不动,暗想,与现在的处境相比,以前的痛苦和煎熬都算不了什么,这才是人生中那道最险的关啊。

这时她眼前突然浮现出一张模糊的脸,由远及近地飘过来,她仔细一看竟是陈有胜那微笑着的大脸,她看见他对她竖起大拇指,夸她是好样的,但只一秒钟的工夫就消失了,取而代之的是一团黑红而又血肉模糊的物体在她面前晃来晃去,不断向她靠近着,突然,一只粉嫩的小手从这糊状物中伸出来,"啪"地按在了她的眼睛上……香米一下子坐起来,连滚带爬地爬下床,以闪电般的速度穿上衣服,什么也没想就狼狈不堪地逃出手术室,任身后传来那个医生一声高过一声地喊叫声。

香米终究还是在紧急关头临阵脱逃了,她没有勇气面对这场即将爆发在身体里的战争,她不敢想象一个小得不能再小的生命变成血淋淋的一摊污浊之物。在这件事上,她竟然如此胆小和懦弱,可再怎么说,那也是一个生命啊,她和一个男人寻欢作乐造下了孽,为什么敢做不敢当,要以扼杀生命的方式去销赃?她作为一个母亲怎么忍心亲手掐死自己的孩子?这不是犯下滔天罪行吗?一定会遭天谴的。可是如果她生下孩子,也就预示着她的大学生涯就要结束了,她就没脸再见所有的亲戚朋友了,而且她拿不准陈有胜会不会好好安置她和孩子。

说到底,香米还是认为陈有胜并不是一个心狠手辣的人,不会非要把她肚子里的孩子置于死地。看得出来,他是喜欢小孩子的,以前他们一起逛街的时候,有时候能碰到玩耍的孩子,偶尔会有小孩子不小心撞到他身上,那时他笑着对香米说,这些小鬼,真顽皮,我小时候也这么淘气,经常挨家里人的打骂。香米还记得有一次他还当着他朋友的面开过玩笑,让她给他生个儿子,为此香米在心里还生了他的气。

香米想,也许他内心深处真的愿意让她给他生个孩子,只是为了顾全大局而有所顾虑吧。如果她拿出百分百的爱对待陈有胜,完全虏获他的心,或许,他会因此为了她而离婚,把她娶回家,从此她就由一个小三成为名正言顺的陈太太了,这后半生就有着落了,还愁什么没上完大学啊。就算他不离婚,香米生下了他的骨肉,他肯定也不会坐视不管,他家大业大,在这个城市给她娘俩买上套房子是轻而易举的事,那么香米和孩子今后的生活也不用愁了。

如果按照这个逻辑发展下去的话,香米就不能告诉陈有胜她

没有把孩子打掉,她要先瞒着他,等胎儿发育成熟了,或者是她的体型实在是瞒不下去了,她再向陈有胜摊牌。到那时候,生米都已经煮成熟饭了,一切就都水到渠成了。这就像赌博一样,有着极大的风险,但是过程却非常刺激。时隔将近半年,她想不到如今又给自己下了一注。往事历历在目,如果说上一次她是拿贞洁来做赌注,那么这一次,则是,她的一辈子。

于是她给陈有胜打了个电话,对他说,哥,完全是虚惊一场,我去医院检查了一遍,结果并没有怀上,问题出在我买的早孕试纸是过期的,根本就不准。

她像是报喜一样给他汇报了这个消息,他听后轻微地埋怨她,怎么那么大意,这种事怎么可以出错呢?你以后买东西不要贪图便宜去小商店,我的女人怎么能用劣质的东西呢?

香米一个劲儿地答应着,她听出了他的语气里满满的都是宠溺,心里充盈起了白云般肥硕的幸福。她更加坚定了要嫁给陈有胜的信念。

五天后香米坐在他们经常光顾的那家豪华宾馆里,在梳妆台前默默地看着镜子里的自己。陈有胜出差回来了,让她先到这里等着他,说要给她一个惊喜。

算起来他们已经好多天没有见面了,更别提什么肌肤之亲了。说实话香米心里还挺想他的,动不动眼前就浮现出陈有胜的样子来,好几次都梦见他了呢。

这是"久别胜新婚"的节奏吗?香米开心地想,多日不见,陈有胜一定想她了吧,可能在外面尝了点腥味,觉得没有香米合他的口味吧。不管什么情况,不管香米猜得对不对,事实就是陈有胜明确地对她说,他要给她一个惊喜,让她安心等他。

惊喜?能给她什么惊喜呢?钱,首饰,衣物,玫瑰花,营养品……这些他都给过她,不足以成为惊喜。那会是什么?这难道是一个转机吗?他离婚了,要向她求婚?她巴不得他向她求婚呢,这样她就不用花心思隐瞒怀孕的事实,就可以光明正大地把孩子生下来了。但前几天她和他打电话说那件事的时候,他并没有要娶她的意思。那么,或许那个惊喜会是一辆轿车?一套房子?香米兴奋得快要跳起来了,她的思绪游荡者,漂浮着……

期间陈有胜给她发了个短信:乖乖等着我啊。香米的心情格外好,她在没有陈有胜的日子里,懒得化妆,可是现在不同了,她提前好几个小时就来了,她要精心地梳妆打扮一下。俗话说,女为悦己者容嘛,化妆本来就是女人对生活的一种态度,更是对爱情的一种期待和向往,它可以延长爱情的保质期,或许还能让濒临破灭的爱情再次迸发出灼热的火光呢。

香米深知这一次约会关系着她的终生幸福,她一定要想尽一切方法博得陈有胜独一无二的爱。

这时候还管什么以前在他心目中是什么形象啊,总之就是不能重复自己。你每次都要变个花样出来。没有新意,谁还会对你保持新鲜感呢?早晚会对你厌倦的。艳丽,清新,忧伤,这些风格都要有,你要把自己变成另一个他从来没见过的人。你可以把自己画成任何一个明星,任何一个模特,他看到这样一个美人在他面前,还能抗拒得了吗……

现在就开始吧,洗完脸后用遮瑕霜把几个明显的雀斑以及刚刚长出来的小痘痘一一遮盖住,再涂上一层乳液,用手轻轻拍打,像拍打一个熟睡的婴儿那样温柔,阳光照射进来,为这细细嫩嫩的肌肤增加了一层亮色,像清晨的露珠,像雪花,像雨丝……啊,这般惹人怜爱的人儿啊,让人恨不得咬上一口啊……快了,过一会儿就能了,这个夜晚该是浪漫的、飞翔的……香米开始想念陈有胜了,想念那个温热的身体了……还要继续,眼睛一定要到位,眉毛已经很满意了,不用再多修饰了,那就稍稍画一下眼影,眼头和眼尾的地方不要画得太粗,浅浅的两笔就可以,一双含情脉脉的大眼睛就出来了,眨两下,水灵灵的像两颗葡萄。这双眼睛里包含着多少内容啊,多让人迷乱啊……接下来该是腮红了吧,要用淡粉色的,这样才能打出白里透红的效果,羞答答、娇滴滴的,陈有胜说过最喜欢她羞涩的样子,像是找回了初恋的感觉,哦,他原来还挺喜欢怀旧的呢。别忘了再涂上一层水润透明的唇彩,这样唇部看起来更饱满、晶莹,让人联想到樱桃,汁液丰富,令人垂涎欲滴……香米想,怎么她的脸成了一个水果乐园了呢。

  香米看着镜子里的自己,满意地笑着,面前的这个女子多么迷人啊,有着微微的紧张、慌乱,更多的是渴望和欣喜,只等主人公隆重登场了……慢着,好像还忘了什么事情,是什么呢……香水,对,可不能少了香水。记得齐莹莹曾经说过,一个有魅力的女人是离不了香水的。是啊,有句话不是说得好么,肤浅俗气的女人会化妆,气质高雅的女人会用香水,那么就让她做个俗气和高雅并存的女人吧。香米翻开手提包,找到了陈有胜送给她的一瓶香奈儿,分别在手腕、肩膀、耳后、颈部都喷了一点,顿时房间里氤氲着一股迷人的幽香,让人全身心都感到舒适和轻松。

  这一套外在装扮应该完美无缺了吧,那就再装扮一下声音吧。这样一个夜晚,光是外表的鲜艳是不够的,还需要声音的配合与助威。她的嗓音无疑是有特点的,清亮,甜美。

亲爱的,你可来了,你不知道我有多想你……不好,太做作,像个怨妇。

那就换一种,稳一点:来了啊,我也刚来不久……也不好,太严肃、古板,完全激不起爱情海洋里任何一束翻腾的浪花。

哎呀,宝贝儿,你怎么才来呀……还是不行,太急不可耐了,像是她多么饥渴似的,有失她一贯的淑女风范。

到底怎样的开场白和性感的声音才配得上她这张精致的小脸以及陈有胜给她的惊喜呢?自然,直接?陈哥,你来了啊,今晚我是你的人……这么直接他会喜欢吗?但是不试试又怎么知道呢?好吧,还是不想了,到时候现场发挥吧……

香米望了望窗外,天快要黑下来了,待会儿她不打算开灯,亮着灯多透明啊,多直接啊,多没有神秘感啊。她就要关着灯,在黑暗中,两个人影,纠缠着,起舞着,那是怎样的朦胧美啊,最好今晚能有月亮,月华如水,适时地洒在他们爱情的花园里……

香米正陶醉在无边无际的想象中时,门铃响了,啊,终于来了。香米站起身去开门,门刚被打开,一股冷飕飕的空气就向她袭来,香米还没来得及看清楚眼前穿着长风衣的男人的样子,就被对方搂在了怀里,身后的门"砰"的一声关上了。

香米刚想说话,嘴就被堵住了。她心想,这就是给她的意外惊喜吗?

房间里的光线太暗了,香米索性闭上了眼睛。衣衫尽褪后,肌肤相贴的一刹那,香米就感到不对,这个身体对她来说是陌生的,

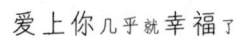

异样的,这绝对不是陈有胜那胖胖的身体。其实刚进门的时候,她就觉得这个人比陈有胜稍高一点,但是他将她的整个身子包围起来的时候,她心中涌动出一股暖流,她觉得那么温暖,那么踏实,那么妥帖,这不是陈有胜又能是谁?她于是又将全部的身心都交付于他了……

可是,现在,和她抱在一起的这个赤身裸体的人根本就不是陈有胜!他是谁?陈有胜又在哪儿?香米使劲想推开他,却被他壮硕的身子牢牢地压在下面,她喊叫着,捶打着这个人的胸膛,却更激起了那人占有她的欲望,香米发现她的喊叫和反抗根本就无济于事,不但起不到任何作用,还会被那个男人更凶猛的动作弄疼,香米于是就不再反抗了。她觉察到他的目的只有一个,那就是男女之间的那点事,看不出打算取她性命的倾向,反正木已成舟了,她就顺从了他,有什么可反抗的呢?做做样子就行了,并没有谁规定她必须要为陈有胜守住贞洁。

在黑暗中,那个男人向她说了实情。原来陈有胜说的惊喜就是让一个陌生男人来"代替"他,而这只不过是他们两个男人共同策划的一场闹剧。原来他是陈有胜的哥们儿,在一次聚会上陈有胜说香米比他以前的任何一个情人都有感觉,跟别人都不一样,而他这个哥们儿不相信,他说只要是女人,不管外表差距多大,到了床上都是一个味儿。陈有胜说性也有高雅和庸俗之分,甚至是一种艺术。而他这哥们儿却不以为然,陈有胜就和他打赌,说不信你去试试?

男人从香米身上下来,嘿嘿地笑着说,老陈说的还真不假,你真的跟别人不一样,浪喊浪叫得我心里直痒痒。不错,老陈这小子有福气!同样都是在床上翻来滚去的女人,差别怎么这么大呢,我也该让我那些女人好好学着点了。

香米听了恶心得恨不得把五脏六腑都吐到他身上。她心里难受，想哭，却哭不出来。啊，香米，你沦落到什么地步了！你成为了一个男人泄欲和满足好奇心的工具！成为了一个男人向另一个男人显摆和炫耀的玩物！

她的每一个毛孔，每一根头发，每一寸皮肤都感到恶心，发自肺腑地恶心和厌恶。陈有胜就是令她感到恶心的源泉！他令她大失所望。香米为他精心地化妆打扮了一下午，想让他看到一个全新的自己，想把自己当做一个礼物感谢他将要送给她的惊喜，而他给她的惊喜就是在她还怀着他的孩子的时候，让另一个男人代替他去占有她的身体！

香米的心凉透了，她听信了陈有胜对她说的甜言蜜语，感动于他对她的好，以为他们真的是有真感情的，是彼此惺惺相惜的。

香米以为在这个寒凉的世界里遇到陈有胜，是她的幸运，是上天给她的施舍，她享受着他的无限关爱和体贴，她把这些萦绕在心间的温暖当做是爱情，甚至奢望嫁给他，给他生孩子！

女人的弱点往往在于总是将男人一时的体贴和关怀当作永恒而坚不可摧的爱，因此所有事都尽可能地妥协于他，而女人的这份痴情会使她全身心地投入到所谓的爱情之中，相信这个男人的一切，从而遮蔽她看清男人隐藏在内心深处那贪婪无尽的私欲。

陈有胜则有着暴发户男人畸形的征服欲，他不仅想要征服女人，还要征服男人。他想让他们羡慕他的幸福，羡慕他的女人。

黑暗中，香米躺在床上，泪水浸湿了枕头。就算是一只小猫小狗，也不能说给人就给人啊。她恨陈有胜，也恨自己，她想了结。

第二天香米就去了医院,找到了上次好心劝她的那个医生。整个过程她都沉浸在一种彻骨的悲伤中,几乎没有感受到疼痛。她这才知道,跟陈有胜的拱手相让相比,这点儿身体上的疼痛根本算不了什么。

她走出医院,一个人拖着虚弱的身子茫然地走在大街上,看着一张张或笑容灿烂、或麻木冷漠的脸,他们穿着厚厚的大衣,脚步匆匆,下班的,放学的,接孩子的……都奔着同一个目的地——家。为着这个就在前方不远处的目标,他们把一切烦恼都暂时抛在脑后,只是怀着一种单纯的喜悦和期待——是啊,他们都有家可回,可是香米呢?她能到哪里去?

28

"如果没有了天空,鸟儿如何飞翔;如果没有了飞翔,如何看到远方;如果没有了远方,哪里还有理想;如果没有了理想,我们怎样成长……留住单纯如初的我,做个真诚的善良的孩子善待每一天……"

校园广播里那优美抒情的旋律在香米的耳朵里不断回响,这些歌词轻而易举地攫住了香米的心。是啊,她也曾渴望像只鸟儿一样在蓝蓝的天空中自由飞翔,飞向远方,去那里追逐她的梦想,而现在,她还有资格去继续追求梦想吗?她多想时光倒流,成为曾经那个简单善良的孩子,快快乐乐地度过每一天啊。可是,她还能变回原来那个单纯地为着梦想努力拼搏的香米吗?她的心里在流血,她看不到前方的一丝光亮……她走在高高的教学楼之间,周围洋溢着大学生们欢快的笑脸,香米却泪流满面。

香米就这样走啊走啊,寒风低声呜咽着,刀子般刮得她的脸生疼,香米仿佛穿越了万水千山,经历了人世轮回,恍惚间就看到了多日不见的田逸,他们的关系一直不咸不淡地维持着。

和田逸走在一起的是一个女生,高高瘦瘦,背影婀娜,他们有说有笑。女生举着一串糖葫芦朝田逸嘴边递过去,田逸迎上去吃了一口,边吃边笑着,笑容里也满是甜蜜。那是真正发自肺腑的笑啊，曾经这笑是属于香米的，想到这些，香米的心就丝丝拉拉地疼了起来——口口声声说喜欢她、爱她的男孩儿原来跟别人在一起也会无比甜蜜！香米太绝望了，她不想让自己可以抓得住的最后一根救命稻草就这么飘走。她不远不近地跟在田逸后面。

田逸和那个女生走到教学楼门口就告别了，香米想都没想就冲了上去。田逸吃惊地望着香米，一时不知该说什么好。

还是香米先开了口，田逸，以后我们好好的吧。

会的，我们都会好好的。田逸点了点头，接着说，我还以为你永远不会见我了呢。

怎么会呢，以后我们会天天见面的，而且永远不分开。香米说。

这……香米，其实，我……已经……田逸吞吞吐吐地说。

你已经怎么了？已经不爱我了吗？香米竭力控制着自己激动的情绪。

田逸显得很难为情，他躲闪着香米的目光，一副不知道怎么开口的样子。

是刚才那个女生吗？你喜欢上她了吗？香米问道。

嗯……只是有好感而已。

那我呢，田逸？我们的爱情呢？我们还没有分手你就背着我和别人走得这么近了？香米的语调里全是不解和疑问。

香米，不是我绝情，只是我付出了那么多的努力，却始终得不到你的心，我累了，真的，我不想再一厢情愿了。田逸格外认真地对香米说。

听到这里香米的心都快碎了，她的心一直都是属于他的，那是她最最纯粹的心,没有杂质、未经世俗污染的心啊!

或许你说得对,田逸停了一会儿,接着说,你以前说我们不合适,让我不要对你太好,可能是我太执着了吧,我想我应该尊重你的意见。

不,田逸,以前是我太自卑,我没有自信能够拥有你。香米说得动情起来,其实我是喜欢你的。

香米,你是安慰我的吧?算了,我们就这样吧,其实,我真的累了,我需要的是爱,但没有理解的爱,我无法接受,这种爱很痛苦。

是我做错什么了吗?我承认我对你太过冷漠,我会改的,让我们回到从前吧。香米说得非常诚恳。

说实话,香米,我等得时间太长了,我不想再做无谓的努力了,那样只会白白地牺牲掉我的感情。

真的,你可以放肆地去爱一个人,可以无条件地付出一切你自以为值得的东西,但是前提是,这种付出,于你而言,它是一件快乐的事情。是的,我们刚刚在一起的时候,我是非常快乐的,感觉每一天都像是新生。可是我们两个人是不平等的,一直以来都是我一个人在付出,在努力。我以前想过,假若有一天我感觉到委屈和愤懑,那一定是,这种奉献型的恋爱,已经不再适合我了,那时我就退出。香米,我现在就是这种感觉,不管你信还是不信。田逸的语调平和,但是听起来却是那么尖锐刺耳。香米险些怀疑这个人到底还是不是对她说天长地久,海枯石烂的那一个。

可是,为什么呢?我不明白!香米大声喊了起来。

田逸走了两步,看了香米一眼,说,其实不是所有的问题都有个为什么来给它垫底,世界上的好多事情科学家都解释不了。香

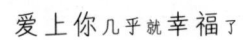

米看着田逸的嘴巴一张一合,突然发现他说起话来像个哲学家,很像给她上西方哲学史课程的教授那样一说话嘴里就往外冒哲理,让你简直不敢跟他正常交流。

你不要说这些大道理,生活还是要落在实处的。香米无奈地说。

田逸叹了口气,说,也没什么,可能是我太自私了吧。那天,我听他们说,你在学校门口和一个人吵架。

啊!原来是这个原因。该来的还是都来了。香米心如死灰,可还想解释,那是我爸……有点事情……所以就吵了起来……香米心虚地说。

嗯,我知道,我觉得我们最后是不可能走到一起的,像我们这些从农村来的孩子,很难在城市成家立业。田逸表情黯然。

这和我们的爱情有关系吗?香米继续争取着,说道,未来是靠我们共同打拼的,我们都有双勤劳的手啊。香米说着自己都不相信的话,她想给自己找一点儿往前走的路,哪怕一条荆棘小路。

香米,我就直接和你说吧,他们说看到你爸了,所以……

所以什么?与我爸有什么关系?香米根本不知道田逸在卖什么关子。

他们说你爸……像叫花子……说你家很困难……他们还说……

香米的眼泪吧嗒吧嗒地掉下来,泪眼模糊地望着田逸,说,你嫌弃我了?嫌弃我家穷?嫌弃我有这样一个丢人的爸?

不是的,我没嫌弃,也没看不起你,我也是从农村来的,每个人的出身都不是自己能够决定的,但是家庭情况对恋爱也起着很关键的作用……

香米知道,他就是嫌她穷,嫌她那个破败不堪的家庭。以前她就是因为这个自卑,而从来没有对他说起过自己家里的情况,没有想到,他果然还是在乎她的贫穷。他们所谓的爱情,也这么俗套地和钱扯上了关系,被钱打败了……

香米随手抹了一把眼泪,拉开手提包,掏出钱包来,一下子把它打开了,接着就朝地上拼命地抖,一张张粉红的钞票争先恐后地"哗啦啦"掉出来了。香米边抖钱包,边对田逸喊着,你不是嫌我穷吗?你不是嫌我没钱吗?那你瞪大你的眼睛看看,这是什么!你还能说我穷吗?还能怨我没钱吗?香米抖干净了钱包,又把手提包倒过来抖了几下,一堆银行卡混合着香水、小镜子、唇膏等化妆品"噼里啪啦"地掉到地上来。香米哭着说,我有这么多卡,里面的钱你数一天都数不过来,你凭什么说我穷?如果有这么多钱我还是穷人,那你说,我该有多少才算有钱人,才能配得上你……香米哭喊着蹲了下来,把头埋在两只交叉的胳膊之间,呜呜地痛哭着。

田逸被香米的举动几乎吓蒙了,向来安静平和的她怎么就像火山爆发一样了呢?这些钱和这些银行卡确实给了田逸不小的触动,这是怎么回事?她怎么会有这么多的钱……田逸赶紧把地上的钱和物品都一一捡起来,理顺之后放到香米的手提包里。

周围经过的同学都朝他们看过来,田逸感觉自己从头到脚都被别人看了个遍,浑身上下不自在,他在学校里大小也是个名人,真恨不得马上找个地缝钻进去……

他把手提包放到香米身边,撂下一句"我走了",就大步朝前走,这时香米猛地站起来,跟上他,从背后抱住他的腰,把脸贴着他

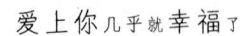

背,用近乎恳求的语气说,田逸,你别离开我好吗？给我一次机会,我真的喜欢你,不,我爱你,田逸,我爱你。

田逸还是第一次听到香米这么主动这么热烈的告白,关键是当着这么多人的面,他很难堪,不知如何是好,于是一动也不动地站着。香米没有感觉到他的拒绝和排斥,就接着贴近他的耳朵小声地说,田逸,我爱你,你别走,今晚我们去开房吧,我要让你知道我有多爱你。

田逸霎时浑身一颤,仿佛全身的血液都沸腾起来了。香米把他当什么人了,难道她以为他喜欢的是她的身体吗！他顿时感到无比地尴尬和无所适从,更令他吃惊的是,在他眼里,香米是一个纯洁如水的女孩,怎么会在大庭广众之下像个风月女子一样说出这种话！他深吸了一口气,转过头来,看了看四周,低声说,香米,你疯了！你知道你在说些什么吗？

香米的眼泪已经决堤了,她豁出去了,紧紧地抱住田逸不放,像溺水的人抱住了一根木头,她说,我没疯,田逸,我是因为爱你,所以想要给你我的一切,我只求你今晚和我在一起,好吗？

田逸的感觉太糟糕了,他掰开香米的手,嘴里决绝地说着,我已经对你没感觉了,感情的事勉强不来。你是个好女孩,我们就不要再纠缠下去了。

爱情一定程度上是残酷的。他眼里不再有你,他就看不到你的无助和彷徨,看不到你热切的眼神和诚挚的呼喊。

香米哭得像个泪人儿,羞愧得无地自容,她不相信自己的眼睛和耳朵,不相信田逸就这么离开了她,他说对她没有感觉了,既然这样说了为什么还要说她是个好女孩？是安慰她？还有这个必要么？那一定就是讽刺她了，讽刺她曾经的不知好歹和不懂得珍惜，讽刺她的不干不净，讽刺她如此下贱地求他……

狂烈的北风不一会儿就把香米脸上的泪水都席卷干净了，她抬头望了望灰蒙蒙的天，冬天早就到了，怎么还不来一场纷纷扬扬的鹅毛大雪呢？

29

转眼就到期末了,这也预示着快要放寒假了,为了让自己收获一个满意的分数来迎接那个美好的假期,所有人都暂时放下了手头的事情而全身心地投入到紧张的复习中去。

虽然大学是青年人拼搏的起点,展现才华的舞台,为梦想奋斗的天地,可是多少人把它当成享受的天堂、游玩的乐园,从而理直气壮地旷着一节节知名教授的必修课,谈着一场场花前月下、游戏人生的恋爱,花着父母面朝黄土背朝天辛苦攒下的血汗钱,玩着彻夜不眠的网络游戏,消耗着年轻的生命,挥霍着一去不复返的青春岁月啊……其实他们比香米也好不到哪里去,他们只是在不同程度上以不同于香米的方式堕落着,只有到了要考试的时候,才突然意识到要读的书还没翻几页,要写的论文还没想好头绪,要背诵的那些纸页还崭新如初……

齐莹莹完全不在乎考试,她说那都是一群教授闲着没事干瞎折腾学生出的怪招儿,好不容易上了个大学,还要像高中那样为成绩为排名拼死拼活,斤斤计较,还不如去流水线上当女工呢。

而游小素每天都养尊处优,这个时候便焦头烂额了起来。她在宿舍里打电话向宋一博抱怨,"怎么办怎么办"地问个不停。宋一博被她问得不耐烦了,就质问她,平常上课多用点心能像现在这么抓耳挠腮吗?

游小素一听这话就急了,说,我这个样子还不是你害的吗?

宋一博问,怎么是我害的呢?

游小素一声尖叫刺穿了整个房间的寂静,她说,我不是忙着你诗集出版的事情吗?我不就是因为这个才耽误了学习的吗?

香米正在睡觉,突然被她那一嗓子给惊醒了,她睁着惺忪睡眼没好气地说,小点声你他妈的能死啊?香米已经不在乎自己的言行是否符合一个淑女的标准了,淑女能换来尊重吗?单纯善良能得到幸福快乐吗?不能。所以,她不愿再隐藏自己的愤怒了。

游小素看了一眼愤怒得像狮子一样的香米,眼里是惊奇,她很少见到香米如此出言不逊,心里就有点打怵,不敢反驳回来,于是把所有的怨气都抛给了宋一博,放低了声音,像是受到了天大的委屈一样,哭哭啼啼地说,你怎么以这样的语气对我说话啊……你是不是不喜欢我了……人家本来心情就不好,你还说这么不负责任的话,我好伤心啊……

不一会儿游小素火气就又大了许多,她流着眼泪对着电话大声说,不听不听就不听……你骗谁啊,是不是觉得我给你出完力了,就没有用处了,你就想甩了我呀……是不是呀……做人可得讲良心,你怎么这么狠心啊……

说着说着她的声音就小了下来,宋一博好像在电话那边说了什么,游小素突然破涕为笑了,说,那你以后不准这样对我了啊,这还差不多,你多关心一下我,我才能安心学习嘛。她挂了电话就哼起了一首歌儿,仿佛刚才哭得稀里哗啦的那个人不是她一样。

香米虽然不喜欢游小素,但羡慕她是一个拥有爱情的人,是

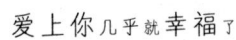

啊,恋爱的人真幸福啊,有了烦恼还能说给一个人听听,心情不好了还能有个人哄哄,还可以名正言顺地在别人面前展现两个人的恩爱,不管是秀争吵,还是秀亲热,都能让人感觉你实实在在地活在这个世界上,能让人觉得你是一个深深融入生活内部而不退缩、不逃避的人,让你有一种安全感,使你觉得你的周围有很多人,你不孤单……

爱情于她,是真是假?是灵魂相吸还是肉体纠缠?是有福同享还是有难同当?啊!还是别提爱情了吧,多少人打着爱情的幌子,靠近你,占有你,只不过是把你当成一个可口的猎物而已,一旦品尝到了,享用了,过瘾了,舒坦了,然后再就是腻了,烦了,厌了,随手就把你扔到一边去,像扔掉一块抹布一样干脆、直接。

抹布?又脏又臭的抹布?难道不是吗,她真的像抹布一样破破烂烂的毫无价值可言了。但她心里时常会窜出一股火苗,她想烧起来,想把这块布料烧成灰烬,她宁愿消失也不愿再这么龌龊肮脏地被千万人拿来随意泼脏水,擦污物了。其实她曾经又何尝不是一块干净、素洁而有着蚕丝般原始味道的布料呢?她活生生地被涂抹、改造成了一块废物,一件垃圾啊。其实她已经死了很久了,早就没有了心脏和灵魂。

在人人都像花儿一样竞相开放的时候,她已然颓败了。

有一次翟丽和香米聊天,翟丽说,经过了最近这些事情,我已经变得比以前更成熟了,我开始逐渐学会了接受一些东西,接受生命中不期而遇的意外,接受误解,接受抢夺,接受世界的残忍和人性的丑陋。但这并不代表我妥协,我还会去为未来而努力,为遥不可及的一切付出全部心血。因为,我还相信梦想,相信奇迹,相信人性美好的一面。

香米说,这不是你用嘴巴说说就能真的实现的,做到这一点有多难啊。

这你就错了,翟丽莞尔一笑,说,每个人的生活都是自己选择的,正如你所言,是的,我们改变不了已定的事实,它太强大,太霸道,我们只能改变心态,自己知道就行,不需要别人的认证。

可是,对于爱情,你甘心吗?香米如今和翟丽一样,也被人抛弃了,可以说她俩现在已经站在同一条战线上了。

没有什么甘心不甘心的,翟丽云淡风轻地说,真正的爱,从来无关热闹,最爱你的人,是肯陪你一起耐守平淡的,做不到的,都是有始无终的爱,这种爱不值得我们留恋。我们不光要陶醉于恋爱时的相偎相依,也要坦然面对决裂后的伤痕,尽管我们一时无法释怀,但是我们必须要去收拾这个残局,我们仍旧需要向往和追求那种真正永恒的爱情。记得玛格丽特的《飘》里,斯佳丽有一句话是"明天又是全新的一天了",是的,即使今天再糟糕,明天的太阳也值得期待。

听了这番话,香米钦佩翟丽对一切的通透和豁达,可是香米知道,自己受的伤要比翟丽的严重得多,她不确定那伤能否愈合。她对翟丽说,时间真的会让人改变,曾经我也和你一样相信生活,相信美好,我甚至为我所看见的丑陋和卑鄙开脱,安慰自己,这只是我运气不好而已,一定会有光明的未来在前面等着我。我还年轻,只要咬咬牙,忍过了这一阵子,一切就都会有了,所以我试着去原谅那些欺骗,去宽宥那些伤害,可是现在我无论如何也不会重新拥有一颗天真之心了,我再也不敢相信人世,不敢相信爱情了,我觉得我自身的存在本身就是一个荒谬的错误。

不要这样想,翟丽说,我知道你很难从这段痛苦的经历中走出来,我作为一个旁观者也不可能完全理解你的感受,但是,我觉得每一个人都有活着的价值,只是人有的时候宁愿原谅他人也不愿原谅自己,这又是何苦呢?曾经的付出都会成为积淀,长长的一生,怎么可能只有黯淡而没有精彩呢?所以,跟自己和解吧,想想那些爱我们的人,想想最初的梦想,没有什么心结是解不开的。

香米的目光里终于不再满是怀疑,变得柔和了起来,她淡淡地说,道理我都明白,活着,终归是有个念想,但愿我会比想象中的坚强。

两个女孩紧紧地拥抱着,她们洞悉彼此的柔弱和伤痕,却无法真的互相安慰来获得解脱,只有以这样一种方式鼓励着对方。她们都懂,生活很艰难,但并不能以此为理由来逃避一切。

而齐莹莹,青海之行并没有成行。当她兴冲冲地拿着两张买好的机票放陆凉面前时,他对她漫不经心地说,莹莹,你真可爱,我的一句客气话你都信啊,我对好多女孩说过要带她们去我家乡看看,还从来没有人像你这样傻。

齐莹莹去酒吧大醉了一场,之后就像什么事也没发生过一样,继续全身心投入新鲜刺激的生活,寻觅着下一段美丽的邂逅。生活,还要继续下去。只是,谁也不知道,齐莹莹心里有没有伤口……

30

香米在期末第一场考试结束之后接到了弟弟打来的电话。电话里只传来弟弟断断续续的哭声,香米一下子就明白过来了,她匆匆地收拾了一下东西就直奔火车站,她要赶快回家,一分钟也耽误不得,于是她连假也没请,更不管接下来的好几场考试了。在父亲的生命面前,考试、成绩、学业,都算什么呀,都是空的,虚的,都是毫无用处的摆设!

香米一踏进家门,弟弟就扑上来抱着她泣不成声。

咱爸怎么样了?香米努力克制着自己慌乱的情绪。

快不行了……咱爸有胃癌……上次在医院就查出来了……不让我对你说……

香米的身体僵直了,怎么会呢?这么久了,她怎么一直都不知道呢?这几个月她都在忙着和陈有胜应酬啊,竟全然忘记了父亲!可是前不久才刚刚见过父亲,那时候他的身体也没看出来有多糟糕啊。

没去医院吗?我不是寄钱回家了吗?香米几乎咆哮着问。

爸死活不去,只买了一点药……你寄来的钱一点儿都没动……他说那钱不干净,不能用来治病……好人也能治成坏人,活人也给治成死人了……

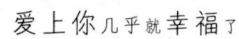

什么逻辑？香米朝着弟弟大声吼道。啊！原来父亲对于她寄来的那些钱竟然这么耿耿于怀，他一直都在怪她，一直不原谅她！

那次他去找你，就是觉得身体快不行了，想见见你，他怕熬不出这个冬天了，过不了这个年了，这可能是最后一面见你了，爸回来后就病得更严重了……弟弟伤心地说。

啊！怎么会这样？香米痛苦地用手拍打着自己的脑袋，她万万没有想到父亲会是这种情况，她在外面堕落，只是为了改善家里的情况，只是为了让父亲过上好日子，可是，现在呢？父亲非但没有沾她的光，反而还因为她，病情越来越糟糕，那么她所付出的一切有何意义？

还有，咱家的地没了……弟弟补充道。

怎么回事？香米惊讶地睁大了眼睛。

让郭福海给占去了。弟弟说。

又是郭福海这个混蛋！香米心中的怒气一下子窜到了头顶。

弟弟接着说，有一次咱家的牛吃了他家的菜，其实也就那么一小块菜地，可是他抓着这个不放，硬是把咱家的地给扣下了，说是赔他家的损失……

强盗！他那块破菜园子能和咱家那几亩地相比？香米简直不相信弟弟说的话就是事实。

为这事咱爸还和他大吵了一架，可是，没用，爸还被他推倒了，现在地里早就被他种上庄稼了，就等来年的收成了……弟弟又哭了起来。

香米平息了一下愤怒的心情，进了里屋看到了父亲，只见炕上躺着一个瘦小的身体，在宽大的被子的包裹下，显得更加瘦弱。她走上前去抚摸着父亲那被风沙侵袭了半辈子的粗糙的脸,眼泪一颗一颗地掉到被子上,父亲突然睁开了眼睛,张了张嘴,想说话,可是却发不出声音。他显得很着急,却无能为力。香米望着父亲无声地流着眼泪,发现父亲的眼角也淌出了两行清泪,像两条小溪,要到大海里和香米的眼泪汇合在一起。她再也忍不住了,趴在父亲身上号啕大哭起来……

这半年来她受了多大的委屈,吃了多少苦,流了多少泪没有任何一个人比她自己更清楚,贫穷不是她的错,苦不堪言的命运也不是她能够改变的,可是她毕竟为之付出过努力,把自己最重要的东西都搭上了,最后结果是她竟然一无所得,为什么这个世界会如此对待她?这不是把她往绝路上逼吗?这么活着有意思吗?

生而为人,行走于世,每个人都有着自己的难处,我们总喜欢给自己找许多理由去阐释自己的懦弱,总是自欺欺人地去相信那些浮光掠影般的誓言,总是一而再再而三地去掩饰自己内心的茫然,总是竭尽全力地去为自己犯下的错儿开脱。但事实总是,有一天,我们不得不坦然面对那些血淋淋的事实和真相,不得不去硬着头皮处理那些我们一直以来所忽视和逃避的问题。是的,我们总要亲自去面对。

香米洗了一下脸,换了身衣服,简单地收拾了一番就到郭福海家里去了。她现在最需要做的事情就是去找他。

快要过年了,家家户户都洋溢着喜庆的气息,从他们的家里飘出了浓浓的饭菜香,香米嗅了嗅,那香气连同漫天的寒气一同钻进她的五脏六腑,她感到更冷了。

郭福海看到香米来了,就赶紧让她到炕上去,说外面冷,到炕

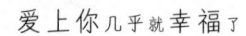

上暖和暖和,一派热心肠的样子。还没等她开口说话,郭福海就说,我知道你来是为什么事,嘿嘿,我就知道你回来就会来找我,放假了吧?

没放假。香米看着他笑得这么开心的样子,恨不得眼光里立刻射出子弹来。她没有上炕,而是坐在炕沿上。这个曾强暴她、给了她巨大耻辱的男人,千刀万剐都不解气,可是现在她不想和他理论,一切争吵都已毫无意义,因为她知道现在不管说什么做什么都挽回不了她的清白,换不回她的贞洁,改变不了她的生活——时光永远不会倒流。所以她没有表现得过分激动,而是很平静地等着郭福海主动谈条件。

那几亩地,明年春天还给你家,后山那块地我也不要了,开春让你爸去种吧。你们全家要是过年缺粮,也只管说。郭福海轻轻吐出一丝烟雾。

香米不说话,静静地看着前方的墙壁。

你说行吗?不行咱们再商量。郭福海向香米这边移过来一点。

还能怎么商量?香米反问道。

香米,你不要这么冷冰冰的嘛,现在这里只有咱们两个人,对我热情一点,我又不会吃了你。喜欢你还来不及呢。郭福海把胳膊伸过来,环住了香米的肩膀。

香米摆脱他,站了起来,面无表情地问,还能怎么商量?

郭福海把烟掐灭,扔到地上狠狠地踩了两脚,说,这样吧,我再给你家申请个低保名额,只不过……

只不过什么?

郭福海沉默了几秒钟,说,你不是快放假了吗,假期里你每天这个时间来我家就行了。郭福海死死地盯着香米的眼睛,像是等待着她点头。

来你家干什么?

我们两个人还能干什么?香米你又不傻,用得着我再说得明白点吗?郭福海朝香米身边挪了挪,仍旧紧紧地盯着她。

香米突然就笑了,发自肺腑地笑了。郭福海被她这突然的笑吓了一跳,他没想到她听到他的要求会是这个反应,他以为她会不同意,像那次一样反抗他,会和他讲条件,那时他再退一步,提出让她每周来一次……可是香米却肆无忌惮地笑了,像个久经风月场的女人那般充满风情地笑了。

香米不只是笑他,还笑她自己,她兜了一个大圈子又回来了,不是吗,到大城市里被人包养,以卖身的方式活着,就是为了让自己生存下去,为了赚取用来给父亲做手术的费用,结果对人家动了真情,甘愿为他生孩子,世界上还有比她更傻的人吗?最让她痛心的是,父亲却不用她被包养换来的钱,眼睁睁地看着病情愈发严重。而现在回到村里,又为了自家的地能够物归原主,去与第一次强暴她的男人做身体交易,啊,兜兜转转,她又回来了,又重操旧业了,多么巧合,多么可笑!

行啊,你可得说话算数。香米的笑里多了一丝媚惑,把郭福海搅得春心荡漾。

那就从今天开始吧。郭福海说着,就一步跨过来抱住了香米。

香米没有反抗,她迎上去,她已经答应他了,她就不该反抗。

郭福海没有急着下一步行动,而是紧紧地抱着香米说起了话。他说，香米啊，你到底还是我的人，你看上次你那么犟，对你有啥好处？还不如乖乖地从了我呢，你说是不是？

香米说，是。她的手悄悄地伸进了裤子口袋。

郭福海用手抚摸着香米的后背，嘴里仍然在说着话，上次你怎么使那么大的劲啊，把我都掐出血来了，你那么不听话，我也只好用力，你也很疼对吧。

香米说，疼。她缓缓地把手从裤子口袋里拿了出来。

一看你就是第一次，那么害羞，其实过了那一关就好了，女人么，谁不是这么过来的，你说是不是这个理？

香米说，是这个理。她的双手也环住了他的腰，轻轻地向上滑到背部。

以后呀，我好好教教你，让你成为一个真正的女人，真真切切地享受到做女人的快乐。郭福海仍旧是抱着她，手在她背上摸来摸去。

香米轻蔑地哼了一声，心想，郭福海你这个乘人之危的老东西，我怎么做女人用得着你教吗，你以为我什么都不懂吗？她突然觉得他这话有点耳熟，又马上想起来陈有胜曾经说过要好好地调教她。是啊，她就是他一手调教出来的，让她把做女人的乐趣都尝遍了，让她以为那就是爱了，可是，最终他却把她随随便便就拱手送人了。

原来男人都这么自以为是啊。香米又笑了起来。

郭福海说，香米，你是咱们村里最漂亮的小姑娘，比那些娘们儿好看多了，别看她们打扮得花枝招展的，可是连你的一个脚趾头都赶不上，我经常做梦梦见你呢，你信不信啊？

香米说,信。怎么能不信呢?

她本来就是一个如花似玉的小姑娘啊,正开得鲜艳呢,就突然被一只魔爪给掐掉了,害得她陷入了万劫不复的悲惨境遇……这样想着,她一咬牙,眼睛使劲地闭上,把右手里紧紧攥着的那把日本进口水果刀深深地插进郭福海的后背,刀子插入他身体的那一刻她心里立即感到轻松了,她获得解放了,她洒脱了,一切都无所谓了。她终于与那些跟她有过交集的男人再无瓜葛,两不相欠了。

这把刀果然不一般啊!是陈有胜送给她的。陈有胜的一个朋友从日本出差回来,送给他好几把这种刀,他家里用不了这么多,就顺便给了香米一把。香米很喜欢它,做工精细,刀刃锋利,切水果非常方便,有一次差点割到她的手指,尤其是它在阳光下金光闪闪,能晃得人眼睛生疼。

郭福海的身体朝她俯冲了过来,沉沉的重量向她压来,她一躲闪,郭福海就直直地倒在了地上,他竟然一声也没有喊叫,不愧是一把好刀!插在郭福海身上再合适不过,血肉相贴的。

郭福海身上穿着一件红毛衣,松松垮垮的,是像大多数农村女人的围巾一样的红颜色,这样的毛衣穿在男人身上真俗气。他终究是没有陈有胜那么有品位,陈有胜的西装革履下面会是一件纯黑或者深蓝的毛衣,这样才能彰显出一个成熟男人的气质和魅力,而且质地柔软而轻盈,不像郭福海的,粗糙而厚重。

香米愣了一下,这是怎么了?她怎么又想起陈有胜来了呢?难道还忘不了他对她的好?忘不了那些肌肤相亲的往事?还是忘不了他曾给过她许许多多的钱?香米想,都不重要了……

香米把目光转向倒在地上的郭福海,令她感到奇怪的是,她竟然看不到他身上在流血,而他的毛衣依旧那么红,那么耀眼,露在毛衣外面的一小截刀身恰巧与窗外的阳光相撞,发出刺眼的光,一闪一闪的,香米没有躲避,她勇敢地把目光迎上去,就这样看着看着,眼泪就默默地流了出来。